UMA BELA ESCAPADA

Anna Gavalda

UMA BELA ESCAPADA

Tradução de
Pedro Afonso Vasquez

Rocco

Título original
L'ÉCHAPPÉE BELLE

EDITORA ROCCO LTDA.
Av. Presidente Wilson, 231 – 8º andar
20030-021– Rio de Janeiro – RJ
Tel.: (21) 3525-2000 – Fax: (21) 3525-2001
rocco@rocco.com.br
www.rocco.com.br

Printed in Brazil/Impresso no Brasil

preparação de originais
MÔNICA MARTINS FIGUEIREDO

CIP-Brasil. Catalogação na fonte.
Sindicato Nacional dos Editores de Livros, RJ.

G242b Gavalda, Anna, 1970-
Uma bela escapada/Anna Gavalda; tradução de Pedro Afonso Vasquez. – Rio de Janeiro: Rocco, 2011. 12,5X20 cm

Tradução de: L'échappée belle

ISBN 978-85-325-2418-8

1. Ficção francesa. I. Vasquez, Pedro, 1954-. II. Título.

11-3364 CDD-843
CDU-821.133.1-3

A prosa de Anna Gavalda é moderna e repleta de pequenas tiradas e citações cujo sentido pode escapar ou ser de difícil entendimento para o leitor brasileiro não familiarizado com assuntos referentes à vida cotidiana francesa contemporânea. O tradutor julgou oportuno arrolar alguns termos, expressões, bem como referências diversas, ao fim do volume, por ordem de entrada no texto e sem números de referência (para não fragmentar nem tornar tediosa a leitura). A consulta ocasional a essas notas servirá tanto para dirimir algumas dúvidas quanto para incrementar o prazer da leitura.

Eu nem sequer conseguira sentar, ainda estava com meia bunda no ar e a mão sobre a porta, e minha cunhada já começou a me agredir:

– Sem brincadeira... Você não ouviu as buzinadas? Já estamos esperando há dez minutos!

– Bom-dia – respondi.

Meu irmão virou para trás. Discreta piscadela.

– Tudo em ordem, linda?

– Tudo.

– Você quer pôr suas coisas na mala do carro?

– Não, obrigada. Tenho apenas essa bolsinha e o vestido... Vou estendê-lo aqui atrás.

– É isso o seu vestido? – Espantou-se ela ao avistar o rolo de tecido em meu colo.

– É.

– Mas... Como ele é?

– É um sári indiano.

– Já vi tudo...

– Não, você não viu nada, só verá quando eu vestir – observei eu, gentilmente.

Pequena careta.

– Podemos ir andando? – indaga meu irmão.

– Sim. Bem, não... Você poderia dar uma parada no árabe ali do fim da rua? Preciso pegar um troço...

Minha cunhada suspira.

– Mas de que você ainda está precisando?

– Creme para meus pelos.

– E você compra isso no árabe?

– Claro, compro tudo no meu Rachid! Tudo! Tudo!

Ela não acredita.

– Tudo certo agora? Podemos ir?

– Sim.

– Você não vai pôr o cinto?

– Não.

– Por que não?

– Claustrofobia – respondo.

E, antes que minha cunhada engrene um discurso sobre as complicações de um enxerto e sobre o hospital para acidentes de trânsito, emendo:

– Além disto, vou dormir um pouco. Estou morta.

Meu irmão sorri.

– Você só levantou agora?

– Melhor dizendo: não me deitei – respondi com um bocejo.

É claro que é mentira. Dormi algumas horas, mas disse isso para irritar minha cunhada. E, por sinal, consegui. É disso que eu gosto nela: não falha nunca.

– E onde é que você estava metida? – gemeu ela, levantando os olhos para o céu.

– Em casa.

– Deu uma festa?

– Não, estávamos jogando baralho.

– Baralho?!

– Sim. Pôquer.

Ela balança a cabeça. Não muito, para não estragar a escova.

– Quanto você perdeu? – perguntou rindo meu irmão.

– Nada. Desta vez, eu ganhei.

Silêncio ensurdecedor.

– Pode se saber quanto? – Acaba indagando ela, ajustando seus óculos escuros Persol.

– Três mil.

– Três mil! Três mil o quê?

– Euros, o que mais... – respondi com ar inocente. – Ou você acha que a gente vai perder tempo apostando em rublos...

Agarrei os joelhos para esconder o riso. Eu acabara de dar motivo à minha pequena Carine para ficar ruminando todo o resto do trajeto...

Eu podia escutar as engrenagens de seu cérebro começando a funcionar:

"Três mil euros... Tic-tac-tic-tac-tic-tac... Quanto xampu e quanta aspirina ela precisaria vender para ganhar três mil euros?... Tic-tac-tic-tac-tic-tac... É preciso pensar também nos impostos, na contribuição sindical, no aluguel, deduzir os custos... Quantas vezes ela precisaria enfiar o jaleco branco para ganhar três mil euros *limpos, sem descontos*? E a contribuição social... Mando oito e seguro dois... E as férias pagas... dez multiplicado por três... Tic-tac-tic-tac-tic-tac..."

Sim. Eu ria sozinha. Acalentada pelo ronronar do carro deles, com o nariz enfiado na dobra do braço e as pernas dobradas sob o queixo, eu estava orgulhosa de mim mesma, pois minha cunhada é muito bizarra.

Minha cunhada Carine estudou farmácia, mas prefere que digamos *medicina*. Assim, ela é farmacêutica, mas prefere que digamos *especialista em farmacologia*, da mesma forma que ela tem uma farmácia, mas prefere que digamos *estabelecimento*.

Ela adora reclamar das contas na hora da sobremesa e usa um jaleco de cirurgião abotoado até o queixo, com um crachá plástico com seu nome inscrito entre dois caduceus azuis. Hoje em dia ela vende, sobretudo, produtos para manter a bunda dura e pílulas de caroteno porque isso dá mais dinheiro, mas prefere dizer que *otimizou* seu *setor paralelo*.

Minha cunhada Carine é muito previsível.

Quando minha irmã Lola e eu soubemos que teríamos na família a figura abençoada de uma fornecedora de cremes antirrugas, representante da Clinique e revendedora de Guerlain, nós saltamos no pescoço dela como dois cãezinhos. Oh! Que bela festa fizemos para ela naquele dia! Prometemos que doravante só faríamos compras na farmácia dela, e estávamos até mesmo dispostas a lhe chamar de doutora ou de professora Lariot-Molinoux para que ela nos tivesse em alta conta.

Estávamos até mesmo dispostas a pegar o trem do subúrbio para ir visitá-la! E olhe que Lola e eu pegarmos o trem do subúrbio para ir até Poissy não é pouca coisa.

Devo admitir que nós duas começamos a sofrer assim que passamos da estação de Maréchaux...

Mas não foi preciso ir até lá, porque ela nos pegou pelo braço no fim daquele almoço dominical e nos disse, de olhos baixos:

– Vocês sabem... bem... Eu não posso lhes conceder descontos porque... bem... Se eu começar com vocês, depois... enfim, vocês entendem... depois eu... enfim, não se sabe nunca onde a coisa vai parar...

– Nem uma coisinha? Nem amostras grátis? – indagou Lola sorrindo.

– Ah, sim. Amostras grátis, sim. Sem problemas – respondeu Carine, com um suspiro de alívio.

Quando ela foi embora, apertando bem forte a mão de nosso irmão para que ele não saísse voando, Lola murmurou enquanto lhes atirava beijos do balcão:

– Bom, as amostras grátis ela poderá enfiar onde eu penso...

Eu estava inteiramente de acordo com ela, de modo que tiramos a mesa conversando sobre outro assunto.

Agora eu gosto de perturbar Carine com essa história. Cada vez que a encontro falo a respeito de minha amiga Sandrine, que é aeromoça, e dos descontos que ela nos consegue no Free Shop.

Um exemplo:

– Diga lá, Carine, quanto você acha que custa o Esfoliante Duplo Gerador de Azoto com vitamina B 12 de Estée Lauder?

Então nossa Carine pensa bastante. Ela se concentra, fecha os olhos, pensa em seu estoque, calcula sua margem de lucro, deduz os impostos e acaba dizendo:

– Quarenta e cinco?

Então eu me viro para Lola e pergunto:

– Quanto foi mesmo que você pagou?

– Ah... Desculpem. Do que é que vocês estão falando?

– O Esfoliante Duplo Gerador de Azoto com vitamina B 12 de Estée Lauder que Sandrine trouxe outro dia?

– O que tem ele?

– Quanto você pagou?

– Puxa... Você tem cada pergunta... Sei lá, acho que uns vinte euros...

E Carine repete se estrangulando:

– Vinte euros! O E-D-G-A com vitamina B 12 de Lauder! Você tem certeza?

– Acho que sim...

– Impossível! Por um preço destes, só falsificado! Sinto muito, mas passaram a perna em vocês, garotas... Meteram creme Nivea num tubo falso e enrolaram vocês. Sinto muito dizer isto – diz ela em triunfo – mas esse creme de vocês é puro lixo! Puro lixo!

Lola faz uma cara triste e pergunta:

– Tem certeza?

– Aaaaabsoluuuuta! Ora essa, eu estou perfeitamente a par dos custos de produção! Estée Lauder só usa produtos de primeira linha...

É o momento em que me viro para minha irmã e pergunto:

– Não está aí com você?

– O quê?

– O creme, ora...

– Não, acho que não... Ah, sim! Talvez... Deixe-me dar uma olhada na bolsa.

E ela volta com o tubo que entrega à especialista.

E eis que ela põe os óculos para inspecionar o objeto de delito nos mínimos detalhes. Nós a observamos em silêncio, aguardando ligeiramente ansiosas o vaticínio.

– Então, doutora? – arrisca Lola.

– Esse creme é mesmo Estée Lauder... Eu reconheço o odor... E essa textura... O creme Lauder tem uma textura toda especial. É inacreditável... Quanto você disse que pagou? Vinte euros? É incrível – suspira Carine, guardando os óculos no estojo, o estojo na nécessaire Biotherm e a bolsinha Biotherm na bolsa Tod's. – É inacreditável... Isso é preço de custo. Como é que eles vão sair dessa aviltando o mercado desta forma? Isso é dumping, é concorrência desleal. Estão trabalhando sem margem de lucro... Isso não tem pé nem cabeça. É o tipo de coisa que me deixa doente...

Então, mergulhada num abismo de perplexidade, ela se consola misturando longamente seu açúcar sem açúcar em seu café sem cafeína.

Nestes casos, o mais difícil é mantermos o sangue-frio até chegarmos à cozinha, mas, quando finalmente chegamos, começamos a cacarejar como galinhas no cio. Caso nossa mãe passe por lá numa hora destas, ela se lamenta:

– Como vocês duas podem ser tão mesquinhas?

Ao que Lola responde, ofendida:

– Ah... Mil desculpas... Mas devo lhe informar que paguei setenta e duas pratas por essa porcaria!

E nós voltamos a cacarejar de tanto rir, nos apoiando para não cair na lava-louças.

– Ótimo. Com tudo o que você faturou essa noite, vai poder rachar a gasolina ao menos uma vez...

– A gasolina *E* o pedágio – respondo, coçando o nariz.

Não dá para ver, mas bem posso imaginar seu sorriso satisfeito e as duas mãozinhas bem esticadas apoiadas em seus joelhos apertados.

Eu rebolo para extrair uma nota alta do meu jeans, e meu irmão diz:

– Deixe disso.

E minha cunhada geme:

– Mas... Enfim, Simon, não entendo por que...

Ela abre e fecha a boca sem emitir nenhum som, se retorce um pouco, abre a boca de novo, espana as coxas, revira o anel de safira, recupera o controle, examina as unhas, ameaça dizer algo... mas decide não dizer nada.

Aí tem truta. Se ela se cala, isso é sinal de que eles já discutiram antes. Se mantém a boca fechada, isso é sinal de que meu irmão foi ríspido com ela.

Isso é tão raro...

Meu irmão nunca se irrita, nunca fala mal de ninguém, não conhece a maledicência e é incapaz de julgar seus semelhantes. Meu irmão é de outro planeta. Talvez seja venusiano...

Nós o adoramos e perguntamos:

– Como é que você consegue ser tão calmo?

Ele ergue os ombros e diz:

– Sei lá.

Nós insistimos:

– Você não tem vontade de perder o controle de vez em quando? De dizer coisas ruins, bastante mesquinhas?

– Para que, se vocês estão aí para isso? – Ele responde com o mais angelical dos sorrisos.

Sim, nós o adoramos. Aliás, todo mundo o adora. Nossas babás, os professores, os colegas de trabalho, os vizinhos... Todo mundo.

Quando nós éramos pequenas, deitadas no carpete do quarto dele, escutando seus discos e roubando seus bombons enquanto ele fazia nossos deveres, nós costumávamos imaginar nosso futuro. Prognosticávamos para ele:

– Você é tão bonzinho que acabará sendo fisgado por uma chatonilda.

Bingo!

Tenho uma boa suspeita a respeito do motivo da discussão dos dois: deve ter sido por minha causa. Acho até que seria capaz de reproduzir a discussão quase que literalmente.

Ontem à tarde perguntei a meu irmão se ele poderia me dar uma carona e ele se demonstrou gentilmente ofendido ao telefone:

– Você lá precisa perguntar?

E a outra deve ter tido um ataque, pois para me pegar eles seriam obrigados a fazer um grande desvio. Meu irmão não deve ter retrucado, então a outra mandou mais uma:

– Pense bem, querido... Para chegar até o Limousin... A praça Clichy não me parece ser um atalho...

E ele deve ter sido obrigado a falar grosso com ela, e ambos foram se deitar contrariados e ela dormiu no Hotel da Bunda-virada.

Ela acordou de mau humor e recomeçou a ladainha diante do seu café descafeinado orgânico:

– Essa sua irmã é de lascar. Nunca vi tanta preguiça. Afinal de contas, ela bem poderia se dar ao trabalho de vir nos encontrar aqui... Não se pode dizer que ela seja o tipo de pessoa que se mata de tanto trabalhar, não é verdade?

Ele nem se alterou, mantendo os olhos colados no mapa que examinava.

E ela foi ficar emburrada no banheiro Kaufman & Broad. (Lembro-me bem de nossa primeira visita... Ela estava zanzando em meio às plantas ornamentais com uma espécie de echarpe de musselina malva enrolada no pescoço enquanto comentava seu pequeno castelo aos gorgolejos:

– Esta é a cozinha... funcional. Esta é a sala de jantar... aconchegante. Esta é a sala de visitas... modulável. Este é o quarto de Leo... lúdico. Esta é a área de serviço... indispensável. Este é o banheiro... duplo. Este é nosso quarto... luminoso... (Parecia até que ela queria nos vender a casa). Simon nos levou até a estação ferroviária e nós dissemos na despedida:

– Sua casa é muito linda...

– Sim, ela é funcional – respondeu ele balançando a cabeça.

Nem Lola, nem Vincent, nem eu dissemos uma palavra sequer no percurso de volta. Todos um pouco tristes e cada qual em seu canto, devíamos estar pensando todos a mesma coisa: que havíamos perdido nosso irmão mais velho e que a vida haveria de ser bem dura sem ele.)

Depois Carine deve ter olhado o relógio de pulso pelo menos umas dez vezes entre a casa deles e o meu boulevard, gemido em todos os sinais vermelhos, e quando ela finalmente buzinou – pois tenho certeza de quem buzinou foi ela – eu não escutei.

Miséria de miséria de miséria.

Meu querido Simon, estou desolada por ter obrigado você a aguentar tudo isso...

Na próxima vez vou me organizar melhor, prometo.

Vou me organizar melhor. Vou dormir cedo. Não beberei mais. Não entrarei na jogatina.

Na próxima vez vou me estabilizar, sabe... Claro que sim. Vou arranjar um. Um bom rapaz. Um branco. Um filho único. Um que tenha carteira de motorista e uma Toyota de biodiesel.

Vou descolar um que trabalhe nos Correios porque seu pai trabalha nos Correios e cumpre suas 29 horas sem nunca cair doente. E não fumante também. Especifiquei bem ao preencher a ficha Meetic. Você não acredita? Pois bem, você vai ver. Por que você está rindo, seu idiota?

Assim nunca mais vou incomodá-lo nas manhãs de sábado para ir ao campo. Eu direi ao meu chuchuzinho dos Correios:

– Ei! Chuchuzinho! Você me leva ao casamento da minha prima com seu belo GPS que pega até mesmo na Córsega e nos Dom-Tom?

E dito e feito, o caso estará resolvido!

Por que você está rindo como um imbecil? Você pensa que eu não sou esperta o suficiente para ser como os outros? Para descolar um cara legal de colete amarelo e autoadesivo do Nigloland? Um namorado para o qual eu irei comprar cuecas Celio na hora do almoço? Oh, sim... Só de pensar, eu já fico emocionada... Um sujeito bacana. Quadrado. Simples. Que já vem com as pilhas e o livreto da caderneta de poupança.

E que nunca perderia a cabeça. E que não pensaria em nada além de comparar os preços das gôndolas com os do catálogo e diria:

– Não há como negar, querida, a única verdadeira diferença entre Casto e Leroy Merlin é o serviço...

E a gente entraria sempre pelo subsolo para não sujar a porta de entrada. E a gente deixaria nossos calçados na base da escada para não sujar os degraus. E seríamos bons amigos para os vizinhos, que seriam supersimpáticos. E a gente teria uma churrasqueira das boas e isso seria uma bênção para as crianças, pois no condomínio eles estariam em segurança, como diz minha cunhada e que...

Oh, felicidade.

Era tudo horrível demais, e eu caí no sono.

Voltei à tona no estacionamento de um posto de gasolina lá para os lados de Orleans. Parecia sonâmbula. Sonada e babada, eu não conseguia abrir os olhos e sentia os cabelos pesando como chumbo. Cheguei até mesmo a passar as mãos na cabeça para ter certeza de que aquilo era mesmo cabelo.

Simon esperava na fila do caixa. Carine retocava a maquiagem.

Parei diante de uma máquina de café.

Levei uns bons trinta segundos para ter consciência de que já podia retirar o copinho. Tomei o café sem açúcar e sem convicção. Devo ter apertado o botão errado. Existe cappuccino com gosto de tomate?

Bah! O dia se anunciava longo...

Entramos no carro sem trocar uma palavra. Carine pegou uma bisnaga de álcool gel na bolsa para desinfetar as mãos.

Carine sempre desinfeta as mãos quando sai de um lugar público.

É uma questão de higiene.

Acontece que Carine *enxerga* os micróbios.

Ela enxerga suas patinhas peludas e suas boquinhas horríveis.

Aliás, é por isso que ela não anda de metrô. E também não gosta de trens. Ela não consegue deixar de pensar em toda aquela gente que apoiou os pés sujos nas poltronas e que colaram suas melecas debaixo dos encostos.

Ela proíbe os filhos de sentar em bancos públicos e de tocar nos corrimões das escadas. Ela não gosta sequer de levá-los à pracinha. Ela não gosta que eles brinquem no escorrega. Ela não gosta das bandejas do McDonald's e *abomina* a troca de figurinhas Pokémon. Padece com os açougueiros que não usam luvas e com as mocinhas da padaria que não pegam os croissants com pinças. Ela sofre com as merendas escolares e com as idas à piscina em que todas as crianças se dão as mãos antes de mergulhar para intercambiar suas micoses.

Para Carine, a vida é uma ocupação estressante.

Quanto a mim, eu fico incomodada é com essa história de lencinhos umedecidos desinfetantes.

Ver os outros sempre como sacos de micróbios. Sempre olhar as unhas ao apertar suas mãos. Sempre desconfiar. Sempre se esconder atrás de uma echarpe. Manter sempre os filhos em estado de alerta.

Não toque. É sujo.

Tire as mãos daí.

Não divida comida.
Não vá para a rua.
Não sente no chão ou vou te dar uma palmada!

Sempre lavar as mãos. Sempre lavar a boca e escovar os dentes. Sempre fazer xixi se equilibrando dez centímetros acima da tampa do vaso sanitário e beijar sem apoiar os lábios nos outros. Sempre julgar as mães a partir do estado de limpeza das orelhas dos filhos.

Sempre.

Sempre julgar.

Tudo isso não cheira nada bem. Por sinal, na família de Carine eles logo deixaram cair a máscara no meio do almoço e começaram a falar mal dos árabes.

O pai de Carine os chama de "safárabes", e diz:

– Eu pago meus impostos em dia para que os *safárabes* façam filhos aos montes.

Ele diz:

– Se dependesse de mim, eu meteria essa turma toda num barco e torpedearia todos esses vermes...

Ele também gosta de dizer:

– A França é um país de inúteis e de encostados nos programas de governo. Os franceses são todos uns babacas.

E, com frequência, costuma concluir assim:

– Eu trabalho o primeiro semestre para minha família e o segundo para o Estado, de modo que não me venham falar de pobres e de desempregados! Trabalho dia sim dia não para que um árabe safado possa emprenhar dez negras, então que ninguém ouse querer me dar lições de moral!

Penso especialmente em um almoço do qual não gosto nem de lembrar. Era o dia do batizado da pequena Alice. Nós estávamos na casa dos pais de Carine, perto da cidade de Le Mans.

Seu pai é gerente de um Casino (o supermercado desse nome, não uma casa de jogos), e ao avistá-lo ao fundo de sua entrada de garagem pavimentada, entre o lampadário em ferro forjado e seu belo Audi, foi que me dei conta do verdadeiro significado da palavra *fat*. A mistura de imbecilidade e arrogância. Esse irrefreável sentimento de autossatisfação. O suéter de caxemira azul esticado sobre o barrigão e o jeito estranho – tão caloroso – de apertar sua mão, embora odiando você de imediato.

Tenho vergonha de me lembrar desse almoço. Tenho vergonha e não sou a única. Imagino que Lola e Vincent também não se orgulhem nada dele...

Simon não estava presente quando a conversa degenerou. Ele estava no jardim dos fundos, construindo uma cabaninha para o filho.

Ele já deve estar habituado. Deve saber que é mais prudente se afastar do gordo Jacquot quando ele relaxa.

Simon é como a gente: ele não gosta das discussões de fim de almoço, teme os conflitos e mantém distância das relações de poder. Segundo ele, isso é mero desperdício de energia e é melhor economizar as forças para os combates verdadeiramente interessantes. Ele acha que enfrentar o sogro é entrar numa luta perdida por antecipação. E quando lhe falamos a respeito da ascensão da extrema direita, ele retruca:

– Bah!... Isso não passa da lama no fundo do lago. Não tem jeito, é humano. O melhor é manter distância para evitar que a lama aflore à superfície.

Como é que ele consegue suportar esses almoços de família? Como é que consegue ajudar o sogro a aparar a cerca viva?

Ele pensa nas cabanas de Leo.

Ele pensa no momento em que pegará o filho pela mão e o levará para passear no bosque silencioso.

Eu sinto vergonha porque nós fomos esmagados naquele dia.

Nós *ainda* estamos esmagados. Ainda não conseguimos digerir os disparates deste quitandeiro ensandecido que nunca será capaz de enxergar mais além do que um palmo à frente do nariz.

Nós não retrucamos. Nós não saímos da mesa. Continuamos a mastigar lentamente cada bocado, contentando-nos em pensar que esse sujeito não passava de um filho da puta que estava nos provocando para ver se conseguia acabar com o que ainda nos restava de dignidade.

Pobres de nós. Tão covardes, tão covardes...

Por que nós quatro somos assim? Por que as pessoas que gritam mais alto que os outros nos intimidam? Por que as pessoas agressivas nos deixam impotentes?

O que há de errado conosco? Onde finda a boa educação e começa a covardia?

Nós já conversamos bastante a esse respeito. Como discutimos nossa fraqueza diante de restos de casca de pizza e de cinzeiros improvisados. Nós não precisamos de ninguém para abaixar nossas cabeças, somos grandes o bastante para curvá-las por iniciativa própria, e, seja qual for o número de garrafas vazias, chegamos sempre à mesma conclusão. Que se somos assim, silenciosos, porém determinados e impotentes diante dos babacas, é precisamente porque não temos uma parcela sequer de confiança em nós mesmos. Nós não nos amamos.

Não entre nós, quero dizer.

É que não damos muita importância a nós mesmos.

Não o suficiente para lançar nossos perdigotos sobre o colete do papai Molinoux. Não o suficiente para acreditar por um segundo sequer que nossos gritos de protesto poderiam alterar ainda que infimamente o curso do seu raciocínio. Não o suficiente para esperar que nossos gestos de protesto, nossos guardanapos atirados em cima da mesa e nossas cadeiras viradas pudessem alterar de alguma forma a marcha do mundo.

O que teria pensado esse valoroso contribuinte ao nos ver agir desta forma e abandonar sua casa às pressas? Ele teria simplesmente exasperado sua mulher a noite inteira repetindo:

– Que babaquinhas! Não, veja bem, que babaquinhas! Não, veja bem, que babaquinhas!...

Por que submeter a pobre mulher a esse tormento?

Quem somos nós para estragar a festa de vinte pessoas?

Podemos dizer também que não se trata de covardia. Podemos alegar que se trata de sabedoria. Alegar que sabemos ver as coisas em perspectiva. Que não gostamos de pisar na merda. Que somos mais honestos do que aqueles que vivem falando e não fazem nada de concreto.

Sim, é assim que nos reconfortamos. Lembrando que somos jovens, mas já bastante lúcidos. Que estamos mil pontos acima do comum dos mortais, de modo que a ignorância não nos atinge com tanta facilidade. Não estamos nem aí, temos coisas melhores com que nos ocupar. Temos a nós mesmos. Temos outro tipo de riqueza.

Basta olhar para dentro de nós mesmos.

Nós temos muita coisa na cabeça. Muita coisa bem diferente destas imprecações racistas. Temos a música e os escritores. Os caminhos, as mãos, as guaritas. Pedaços de estrelas cadentes desenhados sobre os recibos do cartão de crédito, páginas arrancadas, lembranças felizes e recordações terríveis. Canções e estribilhos na ponta da língua. Mensagens arquivadas, livros grossos, ursinhos de chocolate e discos arranhados. Nossa infância, nossa solidão, nossas primeiras emoções e nossos projetos abortados. Todas essas horas de expectativa e todas as portas vigiadas. As acrobacias de Buster Keaton. A carta de Armand Robin para a Gestapo e o carneiro das nuvens de Michel Leiris. A cena em que Clint Eastwood se vira e diz: "Oh... and don't kid yourself Francesca..." e aquela em que Nicola Carati apoia seus doentes torturados no julgamento do seu carrasco. Os bailes de 14 de julho em Villiers. O odor de marmelo no porão. Nossos avós, a espada do Senhor Racine, sua armadura reluzente, nossos fantasmas de provincianos e nossas vésperas de provas. A capa de chuva da Senhorita Jeanne quando ela sobe na garupa da moto de Gaston. *Les Passagers du vent*, de François Bourgeron e as primeiras linhas do livro de André Gorz à sua mulher, que Lola leu para mim ontem à noite ao telefone depois que havíamos uma vez mais falado mal do amor durante uma hora: "Você vai fazer oitenta e dois anos. Você encolheu seis centímetros, você pesa apenas quarenta e cinco quilos, e você continua bela, graciosa e desejável". Marcello Mastroiani em *Olhos negros* e os vestidos de Cristóbal Balenciaga. O cheiro de poeira e de pão seco dos cavalos, à noite, quando descíamos do ônibus. Os Lalanne em seus ateliês separados por um jardim. A noite em que pintamos a rue des Vertus, e aquela outra em que jogamos uma pele de arenque no terraço do restaurante onde trabalhava o ignorantão do Frigideira Tefal. E aquela viagem, deitados sobre as caixas na traseira de uma camionete, enquanto Vincent nos lia *L'Établi* em voz alta. A expressão no rosto de Simon quando ele escutou Björk pela primeira vez e Monteverdi no estacionamento do Macumba.

Todas essas bobagens, todos esses remorsos, e nossas bolhas de sabão no enterro do padrinho de Lola...

Nossos amores perdidos, nossas cartas rasgadas e nossos amigos ao telefone. Aquelas noites memoráveis, a mania de trocar tudo de lugar, e aquele ou aquela com quem esbarraremos amanhã ao correr para pegar o ônibus que não irá esperar por nós.

Tudo isso e ainda mais.

O suficiente para não danificar a alma.

O suficiente para não bater boca com energúmenos.

Que eles morram.

Eles vão morrer de qualquer jeito.

Eles irão morrer sozinhos enquanto estivermos no cinema.

Isso é o que dizemos a nós mesmos, à guisa de consolo pelo fato de não termos ido embora naquele dia.

Nós sabemos também que tudo isso – essa aparente indiferença, essa discrição e essa fraqueza também – é culpa de nossos pais.

Por culpa deles ou graças a eles.

Pois foram eles que nos apresentaram aos livros e à música. Foram eles que falaram de outras coisas e nos obrigaram a ver o mundo de forma diferente. Mais alto e mais além. Mas foram eles também que se esqueceram de nos infundir confiança. Eles pensavam que isso viria naturalmente. Que nós éramos bem-dotados para a vida e o excesso de elogios poderia nos estragar o ego.

Não deu certo.

A confiança não chegou nunca.

E agora estamos aqui. Sublimes inúteis. Mudos diante dos exaltados, com nossos esplendores fracassados e nossa difusa ânsia de vômito.

Possivelmente excesso de creme de confeiteiro...

Lembro-me de que certa vez estávamos em família numa praia próxima a Hossegor – e era raro que estivéssemos em família onde quer que seja, porque a Família com um grande F maiúsculo nunca foi nosso negócio – nosso Pop (nosso papai nunca deixou que o chamássemos de papai, e quando as pessoas se espantavam nós respondíamos que era por causa de maio de 68. Essa nos parecia ser uma boa explicação, "Maio de 68" era como se fosse um código secreto, era como se disséssemos: "É porque ele vem do planeta Zorg"). Então nosso Pop deve ter tirado o nariz do livro e dito:

– Crianças, vocês estão vendo essa praia?

(A Côte d'Argent, sacou o tipo de praia?)

– Pois bem, vocês têm ideia do que vocês representam no universo.

(Sim! Somos privados de luxos!)

– Vocês são esse grão de areia. Vocês são apenas esse pequeno grão de areia, nada mais.

Nós acreditamos.

Azar o nosso.

– Que cheiro estranho é esse? – Inquieta-se Carine.

Eu estava passando a pasta da Senhora Rachid nas minhas pernas.

– Mas que... Que negócio é esse?!

– Sei lá. Acho que é mel ou caramelo misturado com cera e condimentos...

– Que horror! É verdadeiramente nojento. E você faz uma coisa destas aqui no carro?

– Não há outro jeito... Não posso ir assim. Estou parecendo até o abominável homem das neves.

Minha cunhada virou-se para frente suspirando.

– Tome cuidado com o estofamento pelo menos... Desligue o ar, Simon, para que eu possa abrir a janela.

... *por favor*. Completei rangendo os dentes.

A Senhora Rachid havia embrulhado o tarugo num pano úmido e dito:

– Venha mi ver da próxima vez. Venha mi ver que eu tomo cuidado de ti. Vou tratar teu piqueno jardim di amor. Você vai ver como teu homi vai ficá quando eu tirá tudo. Ele vai ficá loco com você e você vai podê pidi tudo que você quisé...

Eu sorria comigo mesma, mas não muito. Acabara de manchar o estofamento e estava me enrolando toda com os lencinhos de papel. Uma merdalhada de dar gosto.

– E você vai se vestir no carro também?

– Vamos dar uma paradinha antes... Hein, Simon? Você vai encontrar uma estradinha de terra, não vai?

– Com cheiro de avelã?

– Espero que sim.

– E Lola? – indaga Carine.

– O que é que tem Lola?

– Ela vem?

– Não sei.

– Você não sabe? – Ela se sobressalta.

– Não. Eu não sei.

– É incrível... É sempre a mesma coisa: nenhum de vocês nunca sabe de nada. É sempre o grande flou artístico. Vocês não poderiam se organizar um pouco de vez em quando? Ao menos minimamente?

– Falei com ela ontem, por telefone, mas ela não estava muito bem e não sabia ainda se teria disposição para vir. Respondi secamente.

– Você me surpreende...

Como eu detestava aquela intonaçãozinha condescendente...

– O que é que te surpreende? – rosnei.

– Ah! Nada não! Nada me surpreende mais da parte de vocês! Além do mais, se Lola também é assim, a culpa é dela. Foi ela quem quis ser assim, não é verdade? Ela tem um dom todo especial para se envolver numas paradas inacreditáveis. É difícil imaginar...

Eu via a testa de Simon se franzindo no retrovisor.

– Bom, de qualquer forma, o que eu digo...
É isso mesmo. Precisamente: o que você diz...
– O problema com Lo...
– Pare! – explodi, sem aviso prévio. – Pare! Eu não dormi o suficiente para uma coisa destas... Deixe esse papo para outro dia...

Ela adotou sua expressão exasperada:
– De qualquer forma, não se pode dizer nada nesta família. Basta fazer a menor observação que seja que os três outros pulam em cima de você para meter a faca na garganta. Isso é ridículo!
Simon procurava meu olhar.
– Ah! E isso te faz rir? Faz os dois rirem! É realmente qualquer nota. E infantil. As pessoas têm direito a ter uma opinião. Têm ou não têm? Mas, como vocês não querem saber de nada, ninguém nunca diz nada e vocês permanecem sempre intocáveis. Vocês

nunca se questionam, mas eu vou lhes dizer o que eu penso...

O problema, minha querida, é que a gente está se lixando para o que você pensa!

– Eu penso que essa espécie de protecionismo, este gênero "somos um grupo e estamos cagando para você", não lhes ajuda em nada. Não é uma postura construtiva.

– Mas *o que* é construtivo neste mundo vil, minha pequena Carine?

– Isso também, por caridade! Parem dois minutos de ficar com essa filosofia de Sócrates cínicos. Na idade de vocês, isso fica patético. Além disto, você acabou de fazer sua porcariada. Porque esse é o tipo de coisa absolutamente repugnante...

– Sim, sim... – tranquilizei-a, ajeitando a bunda sobre as pernas cruzadas – Estou quase terminando.

– E você não passa um creme depois? Agora seus poros estão agredidos. É preciso reidratá-los imediatamente para evitar que você fique cheia de pontinhos vermelhos até amanhã.

– Ih! Não trouxe nada...

– Nada.

– Nem um creme protetor diurno?

– Não.

– Nem um creme protetor noturno?

– Não.

– Você não tem mesmo nada?

Ela estava horrorizada.

– Tenho sim. Tenho uma escova de dente, pasta, *L'Heure Bleue*, camisinhas, máscara para cílios e um tubo de batom rosa.

Ela estava abalada.

– Isso é tudo o que há em sua *nécessaire*?

– Bem... É o que há na minha bolsa. Eu não tenho nécessaire.

Ela suspirou, mergulhou em modo de pesquisa em sua nécessaire e me estendeu um grande tubo branco.

– Ande, passe ao menos isso...

Eu lhe agradeci com um sorriso genuíno. Ela ficou feliz. É verdade que ela é uma super chata, mas é preciso reconhecer que é prestativa. Temos que lhe reconhecer ao menos essa qualidade...

Sem contar que ela não gosta de deixar os poros em estado de choque. Isso lhe parte o coração.

Ao cabo de um momento, ela acrescentou:

– Garance?

– Hummmm...

– Você sabe o que eu acho super injusto?

– Os preços de Marionn...

– Pois bem, é que você ficará bonita ainda assim. Apenas com um pouco de brilho nos lábios e um tiquinho de rímel, você ficará linda. Sou obrigada a admitir, pois é a pura verdade...

Eu não podia acreditar. Era a primeira vez em muitos anos que ela me dizia algo gentil. Eu estava quase a ponto de beijá-la, mas ela logo refreou meus ímpetos:

– Epa! Assim você acaba com o tubo todo! Vai com calma. Não é um desses creminhos baratos da L'Oréal.

Isso era Carine cuspida e escarrada... Com medo de ser surpreendida em flagrante delito de sentimentalismo, ela acaba te dando uma espetadela logo em seguida a uma carícia.

É pena, assim ela se priva de muitos bons momentos. Teria sido um bom momento se eu tivesse me atirado em seu pescoço de surpresa. Um grande beijo espontâneo entre duas beldades... Mas não, ela tem sempre que estragar as coisas.

Com frequência penso que deveria pegá-la como estagiária durante alguns dias e ensinar-lhe a viver. Para que ela baixe finalmente a guarda, se solte, arranque o jaleco e esqueça os miasmas alheios.

Fico triste de vê-la assim, enclausurada em seus preconceitos e incapaz de ternura. Mas então me recordo de que ela foi educada pelos imperativos Jacques e Francine Molinoux, no fundo de uma ruela no subúrbio residencial da cidade de Le Mans e percebo que, no final de contas, ela até que não se sai tão mal...

A trégua não durou muito, e o primeiro a receber uma cipoada foi Simon:

– Não corra tanto. Todo mundo de cinto de segurança, pois nos aproximamos do pedágio. Que porcaria é essa no rádio? Assim já é demais, afinal não mandei ir a vinte por hora. Por que você diminuiu o ar? Cuidado com os motoqueiros! Você tem certeza que pegou o mapa certo? Assim tão rápido não dá para ler as placas de sinalização. Que droga! Tenho certeza de que a gasolina estava mais barata naquele outro posto... Vá com calma nas curvas, não está vendo que estou pintando as unhas? Mas... Você está fazendo isso de propósito?

Observo a nuca de meu irmão pelo vão do encosto. Sua bela nuca bem firme, com cabelos bem aparados.

Fico me perguntando como ele consegue aguentar tudo isso e se às vezes não lhe ocorre a fantasia de amarrá-la numa árvore à beira da estrada e se mandar a toda.

Por que será que ela lhe trata tão mal? Será que ela sabe com quem está falando? Será que sabe que o homem sentado ao seu lado era um deus das miniaturas? Um ás do Meccano? Um gênio do Lego System?

Um garotinho paciente que levou meses para construir um planeta delirante sobre o musgo seco, povoado por pequenos monstrengos feitos de miolo de pão enrolado em teias de aranha?

Um sujeitinho obstinado que participava de todos os concursos e ganhava quase todos: Nesquik, Ovomaltine, Babybel, Caran d'Ache, Kellog's e Clube do Mickey?

Certa vez seu castelo de areia estava tão perfeito que os jurados do concurso o desqualificaram, acusando-o de ter sido ajudado. Ele chorou a tarde inteira a ponto de vovô ter que levá-lo a uma creperia para consolá-lo. Para esquecer, ele tomou três taças de cidra seguidas.

Seu primeiro porre.

Sabe ela que seu maridinho usou noite e dia, e durante meses à fio, uma capa de Super-homem de cetim vermelho que ele dobrava cuidadosamente e guardava em sua pasta cada vez que entrava na escola? Era o único rapaz que sabia consertar a máquina de xerox da prefeitura. E também o único que nunca viu a calcinha de Mylène Carois, a filha do açougue Carois et fils. (Ele não teve coragem de lhe dizer que isso não o interessava muito.)

Simon Lariot, o discreto Simon Lariot que sempre prosseguiu por seu tranquilo caminho com elegância e sem incomodar ninguém.

Uma pessoa que nunca fez birra, que nunca exigiu nada, que nunca reclamou. Uma pessoa que passou pela escola preparatória e conseguiu entrar na

Escola de Minas sem ranger de dentes nem tomar ansiolíticos. Uma pessoa que nunca se preocupou em celebrar o próprio sucesso e ficou vermelho como um pimentão quando a diretora do Liceu Stendhal lhe deu um beijo em plena rua para felicitá-lo.

O mesmo rapaz que pode rir durante vinte minutos seguidos de relógio quando fuma um baseado e conhece as trajetórias de todas as naves espaciais de *Star Wars*.

Não digo que seja um santo, digo que ele é melhor do que isso.

Então por quê? Por que ele não liga de ser oprimido desta forma? Mistério. Mil vezes pensei em sacudi-lo, em lhe abrir os olhos e obrigá-lo a dar murros na mesa. Mil vezes.

Um dia Lola tentou. Ele a mandou passear e retrucou que a vida era dele.

É verdade. A vida é dele, mas nós é que estamos tristes com ela.

Isso é idiota, bem sei. Temos trabalho suficiente para nos ocupar em nossas próprias vidas...

É com Vincent que ele fala mais. Por causa da internet. Eles se escrevem o tempo todo, trocam piadas debiloides e endereços para achar discos de vinil, guitarras de segunda mão ou clubes de colecionadores de miniaturas. Desta forma, Simon descolou um super amigo em Massachusetts com o qual ele troca fotografias de seus respectivos barcos de controle remoto. O nome dele é Cecil (Céssil) W. (Dabliú) Thurlingthon e mora numa enorme casa na ilha de Martha's Vineyard.

Lola e eu achamos isso muito chique... Martha's Vineyard... "O berço dos Kennedys", como eles dizem no *Paris Match*.

Sonhamos em pegar um avião e nos aproximar da praia particular de Cecil gritando: "*Youhou! We are Simon's sisters! Darling Cecil! We are so enchanted!*"

Nós o imaginamos com um blazer azul-marinho, um suéter de algodão cor de rosas velhas sobre os ombros e uma calça creme de linho. Uma verdadeira propaganda de Ralph Lauren.

Quando ameaçamos Simon de cometer tal desonra, ele perde um pouco a esportiva.

– Parece que você está fazendo de propósito! Manchei a unha de novo!

– Afinal de contas, quantas camadas você passa? – Ele acabou por se preocupar.

– Três.

– Três camadas?

– A base, a cor e o fixador.

– Ah...

– Atenção! Você não pode avisar antes de frear?

Ele ergue as sobrancelhas. Não, perdão, uma única sobrancelha.

Em que pensa quando ergue desta forma sua sobrancelha direita?

Comemos um sanduíche borrachudo numa loja de conveniência. Uma coisa infame. Eu sugerira um prato do dia num pequeno restaurante de beira de estrada, mas eles "não sabem lavar as verduras". É verdade. Eu havia me esquecido. Então três sanduíches embalados a vácuo. (Muito mais higiênico.)

– Não é bom, mas pelo menos sabemos o que estamos comendo.

Não deixa de ser um ponto de vista.

Estávamos sentados no lado de fora, perto dos caminhões de lixo. De dois em dois segundos escutávamos "brrrrrammm" e "brrrrrummm", mas eu queria fumar um cigarro e Carine não suporta cheiro de fumaça.

– Tenho que ir ao banheiro – anunciou ela com uma expressão de dor. – Aqui não deve ser o grande luxo...

– Por que você não faz no mato? – perguntei.

– Diante de todo mundo? Você está louca!

– É só ir um pouco mais longe. Posso ir com você, se você quiser...

– Não.

– Por que não?

– Vou sujar os sapatos.

– Oh... Mas... Você vai se incomodar por causa de três gotinhas?

Ela levantou sem se dignar em responder.

– Sabe de uma coisa, Carine? – declarei em tom solene – No dia em que você passar a gostar de fazer xixi no mato, você será bem mais feliz.

Ela pegou suas toalhinhas higiênicas.

– Está tudo bem, eu lhe agradeço.

Eu me virei para meu irmão. Ele examinava os campos de milho como se estivesse tentando contar espiga por espiga. Ele não parecia estar em grande forma.

– Tudo em ordem?

– Tudo bem – ele respondeu, sem se virar.

– Não parece...

Ele esfregava o rosto.

– Estou cansado.

– De quê?

– De tudo.

– Você? Não acredito.

– E, no entanto, é verdade...

– É seu trabalho?

– Meu trabalho. Minha vida. Tudo.

– E por que você está me dizendo isto?

– Por que eu não lhe diria?

Ele me dava novamente as costas.

– Oh! Simon! Mas o que é que você está fazendo? Você não tem o direito de falar assim. Lembre-se de que você é o herói da família!

– Justamente... O herói está cansado.

Eu estava de quatro. Era a primeira vez que eu o via à deriva.

Se até Simon começava a duvidar, aonde iríamos parar?

Neste exato momento – e eu asseguro que é um milagre e acrescento que a coisa não me espanta e beijo o santo protetor dos irmãos e irmãs que nos protege há mais de trinta e cinco anos, pois o pobre coitado não teve muito descanso neste período – o celular dele tocou.

Era Lola, que havia finalmente decidido ir e lhe perguntava se ele poderia pegá-la na estação ferroviária de Châteauroux.

Ele recuperou o ânimo de imediato. Guardou o telefone no bolso e me pediu um cigarro. Carine retornou, se desinfetando até os cotovelos. Ela lhe lembrou o número exato das vítimas do câncer do...

Ele fez um pequeno gesto com a mão como se quisesse espantar uma mosca, e ela se afastou tossindo.

Lola viria. Lola estaria conosco. Lola não nos havia abandonado e o resto do mundo bem poderia desaparecer.

Simon tinha posto os óculos escuros.

Ele sorria.

Sua Lola estava no trem...

Há algo de especial entre eles. Em primeiro lugar, são os mais próximos, apenas dezoito meses de diferença e, além disto, eles realmente foram *crianças* juntos.

As traquinagens eram sempre com eles. Lola tinha uma imaginação delirante e Simon a seguia docilmente (já naquela época...), eles fugiram de casa, se perderam, brigaram, se martirizaram e se reconciliaram. Mamãe conta que ela vivia implicando com ele, vinha encher seu saco no quarto arrancando das mãos o livro que estava lendo ou destruindo o Playmobil. Minha irmã não gosta que lhe lembrem estes fatos deploráveis (ela tem a impressão de ser colocada no mesmo saco que Carine!), então mamãe se vê obrigada a retificar o tiro e dizer que ela estava sempre agitada, disposta a convidar todas as crianças da vizinhança e inventar um monte de brincadeiras novas. Era uma espécie de chefinha legal, com a cabeça turbinando a mil ideias por minuto e tomava conta do irmão mais velho como se fosse uma galinha de briga. Que ela lhe preparava gororobas à base de Benco e que ela vinha buscá-lo no meio dos seus Lego quando estava na hora de Goldorak ou de Albator.

Lola e Simon conheceram a época áurea. A de Villiers. Quando morávamos no meio da roça e nossos pais ainda eram felizes juntos. Para eles, o mundo começava diante da casa e terminava no fim do vilarejo.

Juntos, eles correram diante de touros que não eram touros e visitaram casas mal-assombradas que eram mesmo.

Eles tocaram a campanhia da casa da Mãe Margeval até que ela ficou a ponto de ficar madura para o asilo, destruíram armadilhas, mijaram nos lavadouros públicos, encontraram as revistas de sacanagem do professor, roubaram fogos de artifício, acenderam bombas e pescaram gatinhos que um filho da mãe havia prendido vivos dentro de um saco plástico.

Bum: sete gatinhos de uma só vez. Foi nosso Pop quem ficou feliz!

E no dia em que o Tour de France passou pelo vilarejo... Eles foram comprar cinquenta baguettes e venderam sanduíches sem parar. Com o dinheiro, compraram brinquedos de mágica, sessenta chicletes Malabar, uma corda de pular para mim, um pequeno trompete para Vincent (já naquele tempo!) e o último *Yoko Tsuno*.

Sim, era outra infância... Eles sabiam o que era uma forqueta, fumavam cipós e conheciam o gosto das groselhas à *maquereau*. Por sinal, o acontecimento que mais os impressionou foi assinalado em segredo atrás da porta do galpão de ferramentas:

"Hoje, dia 8 de abril, nós vimos o padre de short".

E eles vivenciaram o divórcio de nossos pais. Vincent e eu éramos pequenos demais. Nós só nos demos conta da coisa no dia da mudança. Eles, ao contrário, puderam apreciar plenamente o espetáculo. Acordavam no meio de noite e iam se sentar lado a lado no alto da escada para escutá-los "se discutindo". Certa noite Pop derrubou o armário grande da cozinha e mamãe foi embora de carro.

Eles chupavam o dedo dez degraus acima.

É idiota contar tudo isso, pois a cumplicidade deles é baseada em muito mais que esses momentos um pouco pesados. Mas enfim...

Foi bem diferente para Vincent e eu. Nós fomos guris na cidade. Menos bicicleta e mais televisão... Nós éramos incapazes de reparar uma câmara de ar, mas sabíamos como burlar os fiscais do trem, entrar nos cinemas pelas saídas de emergência ou consertar um skate.

E então Lola foi para o colégio interno, e não havia ninguém mais para nos dar ideias idiotas ou para correr atrás da gente no jardim...

Nós nos escrevíamos todas as semanas. Ela era minha querida irmã mais velha. Eu a idealizava e lhe enviava desenhos e poemas. Quando ela vinha para casa, me perguntava se Vincent havia se comportado bem em sua ausência. Claro que não, eu respondia, claro que não. E eu lhe contava em detalhes todas as infâmias das quais eu fora vítima na semana anterior. Neste momento, e para minha grande satisfação, ela o levava até o banheiro para lhe dar uma surra.

Quanto mais meu irmão berrava, mais eu ria e me divertia.

Então um dia, para aumentar o prazer, quis vê-lo sofrer. E, para meu horror, vi que minha irmã dava chicotadas num travesseiro enquanto Vincent berrava no mesmo ritmo lendo um gibi. Que decepção! Neste dia minha irmã caiu do pedestal.

O que acabou sendo uma boa coisa. A partir daí estávamos no mesmo nível.

Hoje ela é minha melhor amiga. Aquela parada tipo Montaigne e La Boétie, sabem como é... Porque era ela, porque era eu. E o fato de que essa jovem mulher de trinta e dois anos seja minha irmã mais velha é puramente anedótico. Digamos que no sentido em que nós não perdemos tempo a tentar nos encontrar.

Para ela os *Ensaios*, as super teorias em que uma pessoa é punida por se obstinar e que filosofar é aprender a morrer. Para mim, o *Discurso sobre a servidão voluntária*, os abusos infinitos e todos esses tiranos que são grandes apenas porque estamos de joelhos. Para ela, o verdadeiro conhecimento, para mim, os tribunais. Para ambas, a impressão de ser a metade de um todo e que uma sem a outra não passaria de uma metade.

No entanto, somos muito diferentes... Ela tem medo da própria sombra, eu sento em cima dela. Ela copia sonetos, eu faço *downloads* de músicas na internet. Ela admira os pintores, eu prefiro os fotógrafos. Ela nunca diz o que está realmente pensando, eu digo tudo o que me passa pela cabeça. Ela não gosta de conflitos, eu gosto que as coisas estejam bem claras. Ela gosta de ficar "um pouco alta", eu prefiro beber seriamente. Ela não gosta de sair, eu não gosto de voltar. Ela não sabe se divertir, eu não sei dormir. Ela não gosta de jogar, eu não gosto de perder. Ela tem enormes braços protetores, eu tenho a bondade um pouco escaldada. Ela nunca se irrita, eu sempre perco o juízo.

Ela afirma que o mundo pertence aos que se levantam cedo da cama, eu suplico que ela fale mais baixo. Ela é romântica, eu sou pragmática. Ela é casada, eu vivo ciscando. Ela não consegue dormir com um homem pelo qual não esteja apaixonada, eu não posso dormir com um homem que não use camisinha. Ela... Ela precisa de mim e eu preciso dela.

Ela não me julga. Ela me aceita como sou, com minha tez acinzentada e minhas ideias negras, ou com minha tez rosada e minhas ideias floridas. Lola sabe o que é uma grande vontade de um longo ou de saltos altos. Ela compreende o prazer que existe em aquecer ao máximo um cartão de crédito e de se culpabilizar até a morte quando ele se esfria. Lola me mima. Ela segura a cortina quando estou no provador e diz que sou linda e que não, minha bunda não está grande demais. Ela sempre me pergunta como andam os meus amores e sempre fica emburrada quando falo dos meus amantes.

Quando não nos vemos durante algum tempo, ela me leva a uma brasserie, como Bofinger ou Balzar, para ver os rapazes. Eu me concentro naqueles que estão nas mesas próximas e ela nos garçons. Ela é fascinada por esses carinhas de colete cintado. Ela os segue com os olhos e imagina para eles destinos no estilo de Sautet, enquanto disseca seus modos estilizados. Uma coisa engraçada é que sempre chega o momento em que vemos um deles passando em sentido contrário ao terminar o serviço. Ele não parece ser mais nada. O jeans ou a calça de moletom substitui o avental e ele saúda vulgarmente os colegas:

– Fala Bernard!

– E aí, Mimi? A gente se vê amanhã?

– Pois é. Espero que sim, babacão.

Lola baixa os olhos e circunda o prato com os dedos. Adeus novilhos, vacas, porcos, Paul, François e os outros...

Nós havíamos nos perdido um pouco de vista. Seu internato, seus estudos, sua lista de casamento, suas férias em casa dos sogros, seus jantares...

O abraço ainda estava lá, mas faltava a verdadeira entrega. Ela havia trocado de campo. Ou melhor, de time. Ela não jogava *contra nós*, jogava numa divisão que nos entediava um pouco. Um gênero de críquete escroto com regras impossíveis que te fazem correr atrás de um troço que você não enxerga nunca e que, ainda por cima, te faz mal... Um troço de couro com o cerne em cortiça. (Puxa, Lolo! Sem querer, acabei resumindo tudo!).

Enquanto que nós, os pequenos, estávamos em esquemas mais básicos. Grama bonita = viva, viva! Bananeiras e cambalhotas. Rapazes grandes de camisa polo branca = honk, honk! Bastão na bunda. Enfim, você já sacou o gênero... Ainda não verdadeiramente maduros para os passeios em torno da fonte de Netuno...

Então foi isso. Nós trocávamos pequenos alôs de longe. Ela me fez madrinha de seu primeiro filho, eu a fiz confidente de meu primeiro fracasso amoroso (e chorei pias batismais inteiras...), mas no período entre esses grandes acontecimentos não ocorria quase nada. Aniversários, almoços de família, alguns cigarros fumados escondidos do seu querido, uma piscadela de cumplicidade, ou sua cabeça no meu ombro quando olhávamos as mesmas fotografias...

– É a vida... A dela, pelo menos.

Respeito.

E então ela retornou para nós. Coberta de cinzas e com o olhar louco da piromaníaca que vem devolver a caixa de fósforos. Solicitante de um divórcio inteiramente inesperado. É preciso dizer que a danada escondia bem o jogo. Todos pensavam que ela era feliz. Creio até que fosse admirada por isso, por ter encontrado a saída tão rápido e tão facilmente. "Lola está com tudo", constatávamos sem inveja nem amargura. Lola continua a inventar as melhores caças ao tesouro...

E então: cataplam, plam, plam. Mudança de programa.

Ela aterrissou inesperadamente em minha casa numa hora que não combinava com ela. Na hora do banho e das historinhas da noite. Ela chorava, ela pedia perdão. Pensava sinceramente que a família fosse tudo o que importava nesta terra e o resto, tudo aquilo que fermentava em sua cabeça, sua vida secreta e os escaninhos de sua alma não tinham tanta importância. Era preciso manter-se feliz e portar a pesada canga com desenvoltura. E quando as coisas ficavam difíceis demais, havia a solidão e o desenho... os passeios com o carrinho de bebê, cada vez mais longos, os livros infantis e a vida doméstica para proporcionar um refúgio confortável.

Pois é... Supercômoda a pequena galinha ruiva da coleção de livros infantis Père Castor como fim de mundo...

Galinha ruiva é boa dona de casa:
Nenhum grão de poeira sobre os móveis,
Flores nos vasos,
E cortinas bem engomadas nas janelas.
É um prazer visitar a casa dela.

Mas, vejam só: zapt, ela havia degolado a pequena galinha ruiva.

Como todo mundo, eu também caí das nuvens. Fiquei boquiaberta. Ela nunca havia se queixado comigo, nunca havia compartilhado suas dúvidas e acabara de dar à luz um adorável pequerrucho. Ela era amada. Tinha tudo, como se costumava dizer. Como os imbecis costumam dizer.

Como se comportar quando lhe anunciam que seu sistema solar perdeu o rumo? O que dizer numa situação destas? Puxa vida, ela era quem havia nos orientado até agora. Nós confiávamos nela. Bem, pelo menos eu confiava inteiramente nela. Nós ficamos sentadas no chão bastante tempo mamando minha vodca. Ela chorava, repetia que não sabia mais o que fazer da vida, se calava e chorava de novo. Fosse qual fosse sua decisão, apenas uma certeza: ela seria infeliz. Partindo ou ficando, sua vida não valia mais a pena.

Com ajuda do cigarrinho do diabo, acabei conseguindo sacudi-la um pouco. Ei! Ela não estava naufragando sozinha! Quando o manual de regras do jogo é tão grosso quanto um catálogo telefônico e você gira em círculos sobre um gramadinho idiota sem ninguém para apoiá-la, não ele, pelo menos, é certo que uma hora ou outra... Role pequena galinha ruiva.

Ela não me escutava.

– E pelas crianças, você não consegue segurar a barra um pouco mais? – Acabei murmurando enquanto lhe estendia uma caixa de lencinhos de papel. Minha pergunta a sacudiu. Será que eu não entendia mesmo nada? Toda essa carnificina estava ocorrendo justamente em benefício das crianças. Para evitar que elas sofressem. Para que nunca tivessem que escutar os pais discutindo no meio da noite. Porque não se pode crescer numa casa em que as pessoas não se amam mais.

Sim, é verdade. Isso não é possível. Aumentar de tamanho talvez, mas crescer não.

A sequência é mais sórdida: advogados, choros, chantagem, arrependimento, noites em claro, cansaço, renúncias, culpabilização, a dor de um contra a dor do outro, agressividade, comprovações, tribunal, clãs, apelação, falta de ar e a testa apoiada contra a parede. E, no meio de tudo isso, dois menininhos de olhos muito claros para os quais ela continuava a representar a Impassível, inventando historinhas para eles na hora de dormir, histórias de príncipes peidadores e de princesa debiloides. Isso aconteceu ontem, e as cinzas ainda estão quentes. Não é preciso muito para que a tristeza nascida da tristeza causada a afogue novamente, e eu sei que certas manhãs são difíceis. Ela confessou outro dia que quando as crianças vão para a casa do pai, ela fica um longo tempo se olhando chorar no espelho da entrada.

Para se diluir.

É por isso que ela não queria vir a esse casamento. Se misturar com a família. Todos esses tios e essas tias velhas e primos distantes. Todas essas pessoas que não se divorciaram. Que deram um jeito. Que encontraram outra solução. Suas expressões vagamente compreensivas ou vagamente consternadas. Todo esse folclore. O branco virginal, as cantatas de Bach, os sermões de fidelidade eterna decorados de tanto escutados, os discursos tolos, as duas mãos sobre o cabo da mesma faca e *O belo Danúbio azul* quando a gente não aguenta mais de tanta dor nos pés. Mas, sobretudo, as crianças. As dos outros.

Aquelas que irão correr por toda a parte o dia inteiro, com as orelhas avermelhadas de tanto filar os restos de bebida nos copos, e as belas roupas emporcalhadas e amarrotadas, suplicando para não ir dormir tão cedo.

As crianças justificam as reuniões de família e nos consolam.

Elas são sempre o que há de melhor para se olhar. São sempre as primeiras nas pistas de dança e as únicas a ousar dizer que o bolo está uma droga. Elas se enamoram perdidamente pela primeira vez na vida e adormecem extenuadas sobre os joelhos das mães. Pierre devia ser o *garçon d'honneur*, e percebeu que seu cybersabre se ajustava perfeitamente sob a faixa que devia usar na cintura, e conjeturava afanar um pouco da grana da cestinha de coleta da missa. Mas Lola se havia enganado com o calendário estabelecido pelo juiz: não era seu fim de semana com os meninos. Nada de lanchinho e de chuva de arroz. Sugeriram que ela ligasse para Thierry para sugerir uma troca de fins de semana, mas ela nem sequer levou a ideia em consideração.

Mas ela viria! E Vincent que nos esperava! Nós poderíamos nos aboletar os quatro numa mesa um pouco distante com algumas garrafas afanadas de uma das tendas e comentar o chapéu de tia Solange, o quadril da noiva, e o ar ridículo de nosso primo Hubert com a cartola de aluguel enfiada na cabeça até suas grandes orelhas de abano. (Sua mãe nunca quis ouvir falar em cirurgia reparadora, pois "não se desfaz a obra de Deus".) Hein? Essa é bela como uma antiguidade, não é?

O clã se reencontrava. A vida retomava em quarteto.

Soem, clarinetas! Cantem, passarinhos! Nós éramos os herdeiros da Gascogne, de Carbon e de Castelo-não-sei-mais-de-onde.

– Por que você está pegando essa saída?
– Vamos pegar Lola – respondeu Simon.
– Onde? – Engasgou sua queridinha.
– Na gare de Châteauroux.

– Você está de gozação?

– Não. É sério. Ela vai chegar lá dentro de quarenta minutos.

– E por que você não me disse nada?

– Esqueci. Ela me ligou há pouco.

– Quando?

– Quando paramos no posto.

– Não escutei nada.

– Você estava no banheiro.

– Entendi...

– Entendeu o quê?

– Nada.

Seus lábios diziam o contrário.

– Algum problema? – Espantou-se meu irmão.

– Não. Nenhum problema. Nenhum problema. Acho apenas que da próxima vez você deveria pôr um luminoso escrito "Táxi" no teto do carro, para facilitar as coisas.

Ele não retrucou. As juntas de seus dedos empalideceram no apertar do volante.

Carine havia deixado Leo e Alice na casa de sua mãe para – eu cito, dois pontos, abre aspas – *passar um fim de semana de namorados*, três pontinhos, fecha aspas.

O fim de semana se anunciava quente, quente, quente!

– E você? Também pretende dormir no mesmo quarto de hotel que a gente?

– Não, não – respondi abanando a cabeça. – Fica fria, não se preocupe.

– Você fez reserva?

– Eu... Não.

– Claro que não! Eu já imaginava algo assim...

– Mas isso não é problema! Nós podemos dormir em qualquer lugar! Taí, vamos dormir na casa da tia Paule!

– Tia Paule não tem mais camas disponíveis. Ela deixou isso bem claro para mim quando lhe telefonei anteontem.

– Pois bem, então nós não dormiremos e tudo bem!

Ela respondeu *grossamaleducada* torcendo as franjas da sua pashimina.

Não entendi o que ela disse.

Que azar: o trem estava dez minutos atrasado e quando, finalmente, os passageiros desceram, nada de Lola.

Simon e eu contraímos as bundas.

– Tem certeza que vocês não confundiram Châteauroux e Châteaudun? – indagava a megera.

E então, surpresa... Lá está ela... Lá no fim da plataforma. Estava no último vagão, pois tivera que subir no trem no último minuto, mas ali estava ela, vindo em nossa direção e agitando os braços.

Idêntica a ela mesma e como esperava vê-la. Com um sorriso nos lábios, o andar um pouco adernado, as sapatilhas de balé, a blusa branca e a velha calça jeans.

Usava um chapéu delirante. Uma imensa capeline ornamentada com um grande laço de cetim negro.

Ela me abraçou. Como você está bonita, cortou o cabelo? Ela abraçou Simon acariciando suas costas e retirou o chapelão para não despentear as mechas de Carine.

Fora obrigada a viajar no vagão de bicicletas porque não havia encontrado um lugar para acomodar o chapéu, e perguntava se poderíamos fazer um desvio até a lanchonete da estação para comprar um sanduíche. Carine olhou para o relógio e eu aproveitei para comprar uma revista de celebridades.

A imprensa marrom. Nossa ignominiosa gulodice...

Voltamos ao carro. Lola perguntou à cunhada se ela se incomodaria em levar seu chapéu sobre os joelhos. Sem problemas, respondeu ela com um sorriso meio forçado. Sem problemas.

Minha irmã esticou o queixo como quem pergunta "o que está acontecendo?", e eu ergui os olhos para o céu como quem diz "nada demais, como de hábito".

Ela sorriu e perguntou a Simon se ele tinha alguma música.

Carine respondeu que estava com dor de cabeça.

Eu sorri também.

Então Lola perguntou se alguém tinha esmalte para que ela pudesse pintar as unhas dos pés. Uma vez, duas vezes, nada de resposta. Finalmente nossa farmacêutica preferida lhe estendeu um pequeno vidrinho vermelho:

– Tome cuidado com o estofamento, hein?

Depois nós conversamos coisas de irmãs. Vou pular essa parte. Há códigos cifrados em demasia, atalhos e uivos. E sem o som, não tem a mínima graça.

Quem tem irmã há de compreender...

Chegamos à zona verdadeiramente campestre. Carine empunhava o mapa e Simon sofria as consequências. Em determinado momento, ele exclamou:

– Entregue essa merda de mapa para Garance! É a única que tem senso de orientação nesta porra de família!

No banco de trás, nós nos entreolhamos franzindo as sobrancelhas. Dois palavrões numa única frase e um ponto de exclamação no final... A coisa não parecia nada boa.

Pouco antes de chegar à mansarda de tia Paule, Simon enveredou por uma estradinha de terra ladeada de amoreiras. Nós nos atiramos em cima delas evocando as aleias campestres da casa de Villiers com a voz embargada. Carine, que não havia tirado a bunda do carro, nos lembrou que as raposas mijavam sobre as amoras.

A gente não estava nem aí.

Vacilo...

– Dá para perceber que a equinococose não significa nada para vocês. As larvas dos parasitas platelmintes de canídeos são transmitidas pela urina e...

Minha culpa, minha culpa, minha máxima culpa: eu me irritei um pouco:

– Tudo isso não passa de babaquice! As raposas têm a natureza inteira para mijar! Todas as vertentes! Todos os caminhos! Todas as árvores e todos os campos da região, e elas iriam mijar justamente em cima das nossas amoras! Isso não tem nada a ver com nada! É *isso* que me mata, entendeu? É o tipo de pessoa como você que está sempre preocupada em foder com a paciência dos outros...

Perdão. Minha culpa. Minha culpa, minha máxima culpa. E, no entanto, eu havia prometido a mim mesma maneirar, ficar tranquila, infinitamente zen. Ainda essa manhã, diante do espelho, eu havia me advertido apontando o dedo para minha cara: "Garance, nada de criar caso com Carine, entendido? Veja se você consegue se comportar como gente pelo menos uma vez na vida". Mas não houve jeito, explodi. Estou desolada. Ela esculhambou com as amoras e com um pouco da nossa infância também. Ela me deixa louca. Eu não a suporto. Se ela fizer mais uma brilhante observação deste gênero, vou obrigá-la a comer a droga do chapelão de Lola.

Ela deve ter sentido o vento amargo da discórdia, pois bateu a porta do carro e ligou o motor para acionar o ar.

Isso também é o tipo de coisa que me irrita: as pessoas que não desligam o carro no estacionamento para aquecer os pés ou refrescar a cabeça. Mas, deixa isso para lá. Vamos falar do aquecimento global outro dia. Ela estava trancafiada, e isso já era alguma coisa. É preciso pensar sempre positivo.

Simon esticava as pernas enquanto nós trocávamos de roupa. Eu havia descolado um sári magnífico na passagem Brady, bem perto lá de casa. Era turquesa, bordado com fios de ouro e ornamentado com pérolas e minúsculos guizos metálicos. Por cima, uma túnica e por baixo uma saia muito justa e muito decotada, com um grande pedaço de tecido colorido para embrulhar tudo isso.

Esplendoroso.

Brincos com *pedantifs* e todos os amuletos do Rajastão enrolados em volta do pescoço, dez pulseiras no antebraço esquerdo e quase o dobro no direito.

– É inacreditável. Fica bem em você – decretou Lola. – Só mesmo você pode se dar a esse luxo, com sua barriga tão bonita, sequinha e musculosa...

– É fácil – retruquei, feliz e assanhada. – Seis andares sem elevador...

– Minhas gravidezes colocaram meu umbigo entre parênteses... Você precisa ter cuidado, hein? É preciso passar creme todos os dias e...

Dei de ombros: minha modesta luneta não me permitia enxergar tão longe.

– Você me abotoa? – piou ela se virando.

Lola usava seu pretinho básico pela enésima vez. Muito sóbrio, com decote arredondado, sem mangas e com mil pequeninos botões de batina nas costas.

– Você não fez despesas para o casamento de nosso querido Hubert – observei.

Ela se virou sorrindo:

– Alto lá...

– Por quê?

– Chute um preço para o chapéu.

– Duzentos?

Ela deu de ombros.

– Quanto?

– Não posso confessar, é horrível demais – soluçou ela.

– Pare de rir, sua tonta, assim não consigo enfiar os botões nas casas...

Era o ano das sapatilhas de balé. As dela eram macias e de laço, as minhas cobertas de lantejoulas douradas.

Simon bateu palmas:

– Vamos lá, Bleubell Girls... Subindo no carro!

Apoiando-me no braço de minha irmã para não tropeçar, eu murmurei:

– Vou logo te prevenindo, se a megera me perguntar se eu vou a um baile a fantasia, eu vou obrigá-la a engolir o seu chapéu.

Carine não teve tempo de fazer nenhum tipo de comentário, pois eu me levantei quase ao mesmo tempo em que me sentei. Minha saia estava apertada demais e fui obrigada a retirá-la para que não rasgasse.

De calcinha fio dental sobre o estofamento em viscose de alpaca, eu me mantive... hierática.

Nós nos maquiamos com meu espelhinho de mão enquanto nossa especialista nacional em equinococose verifica seus grampos no espelho de publicidade farmacêutica.

Simon suplicou que não nos perfumássemos todas ao mesmo tempo.

Chegamos em Pétaouchnoque ainda em tempo. Enfiei minha saia escondida atrás do carro e nos dirigimos até a praça da igreja ante os olhares de espanto dos pétaouchnoquenses postados em suas janelas.

A bela mulher vestida de cinza e rosa que conversa com tio Georges mais adiante é mamãe. Nós pulamos em cima dela, tomando cuidado com as marcas de seus beijos.

Diplomática, ela beijou, primeiro, a nora, felicitando-a por seu traje, e depois se virou para nós duas sorrindo:

– Garance... Você está espetacular... Só falta mesmo o pontinho vermelho no meio da testa!

– Pois é – lançou Carine antes de se precipitar sobre nosso pobre tio. – Só faltava mesmo essa. Não estamos no Carnaval, pelo menos ao que eu saiba...

Lola ameaçou me estender o chapéu e nos estouramos de rir.

Mamãe se virou para Simon:

– Elas estavam insuportáveis assim durante todo o trajeto?

– Muito piores. – Ele aquiesceu gravemente, antes de indagar:

– E Vincent? Ele veio contigo?

– Não. Ele está trabalhando.

– Trabalha onde?

– Ora, no lugar de sempre, no seu castelo...

Nosso primogênito pareceu encolher dez centímetros num segundo.

– Mas eu pensei... Enfim, ele me disse que viria...

– Tentei convencê-lo, mas não houve jeito. Você sabe, ele e os petit fours...

Ele parecia desesperado.

– Eu trouxe um presente para ele. Um vinil impossível de encontrar. Além disto, estava querendo vê-lo... Nós não nos vimos mais desde o Natal. Puxa, estou tão decepcionado... Já sei: vou tomar um trago.

Lola careteou:

– Calamba. Nosso Simon está fola de folma...

– Você me surpreende – retruquei, visando de longe a Senhorita Estraga-prazeres que se esfregava em todas as tias velhas. – Você me surpreende...

– Seja como for, minhas filhas, vocês estão esplêndidas! Vocês irão nos alegrar. Vocês irão tirar seu irmão para dançar essa noite, não é verdade?

E ela se afastou para efetuar a roda de cumprimentos de praxe.

Nós seguíamos com os olhos essa pequena mulher. Sua graça, seu porte, seu gás, sua elegância, sua classe...

A parisiense...

O rosto de Lola ficou corado. Duas adoráveis garotinhas corriam para se unir ao cortejo sorrindo.

– Bom – ela disse. – Acho que vou me juntar a Simon...

E eu fiquei sozinha no meio da praça feito uma panaca, com os panos do meu sári murchando.

Não por muito tempo, você diria, pois nossa prima Sixtine se aproximou cacarejando:

– Ei, Garance! Harikrishna! Você vai a um baile a fantasia ou o quê?

Dei meu melhor sorriso, evitando fazer comentários a respeito do seu bigode mal descolorido e seu tailleur verde-maçã saído do ateliê de Christine Laure de Besançon.

Quando ela se distanciou foi a vez de tia Geneviève se colar:

– Meu Deus do céu! É você mesma, minha pequena Clémence? Meu Deus, o que é esse negócio de metal no seu umbigo? Isso não dói?

Bom, disse para mim mesma, é melhor me juntar a Simon e Lola no café...

Eles estavam na área externa. Um chope ao alcance da mão, a garganta ao sol e as pernas esticadas para frente.

Eu me sentei num "crac" e pedi o mesmo que eles.

Felizes, em paz, com os lábios acariciados pela espuma, nós observávamos toda aquela boa gente na soleira das suas portas fofocando a respeito do grupo concentrado diante da igreja. Um espetáculo maravilhoso.

– Ei, veja só: não é a nova mulher daquele cornudo do Olivier ali adiante?

– A moreninha?

– Não. A loura que está ao lado dos Larochauffée...

– Socorro. Ela consegue ser mais feia ainda que a anterior. Saca só a bolsa...

– Falsa Gucci.

– Correto. E sem a qualidade de Vintimille. Falso Goutch' chinês...

– Que vergonha.

Poderíamos ter continuado na mesma balada por muito tempo ainda se Carine não tivesse vindo nos buscar:

– Vocês vêm? Vai começar...

– Vamos indo, vamos indo. Só vou terminar a cerveja. Respondeu Simon.

– Mas se não formos agora mesmo vamos ficar num lugar ruim e eu não enxergarei nada...

– Vá em frente, estou dizendo. Eu já vou.

– Ande logo, hein?

Ela já estava uns vinte metros à frente quando se virou para trás e gritou:

– E passe na quitanda para comprar um saco de arroz!

Ela se virou de novo:

– Não compre do mais caro, hein? Não pegue Uncle Ben's como da última vez! Para jogar em cima dos outros é melhor um arroz mais baratinho...

– Sim, sim... – murmurou ele com seus botões.

Avistamos a noiva de longe, de braço dado com o pai. Aquela que em breve estaria cercada por uma ninhada de camundongos com orelhas de Mickey. Fizemos o inventário dos retardatários e aplaudimos o menino do coro que corria a toda velocidade embolando os pés na bainha da túnica.

Quando os sinos silenciaram e os nativos voltaram para suas mesas forradas com tolhas plásticas, Simon disse:

– Tenho vontade de ver Vincent.

Ao que Lola respondeu, pegando sua bolsa:

– O problema é que mesmo que o chamemos agora, daqui que ele venha...

Um garoto do casamento, usando calça de flanela ornamentada com uma faixa lateral, passou justamente neste momento e Simon o chamou:

– Ei! Você quer ganhar cinco partidas de fliperama?

– Claro...

– Então volte para a igreja para seguir a missa e nos avise quando chegar a hora do sermão.

– E o dinheiro, você vai me dar agora mesmo?

Devo estar sonhando. Essas crianças de hoje são inacreditáveis...

– Aqui está, seu salafrário. E nada de brincadeiras, hein? Você vem nos avisar?

– Posso jogar uma partida agora?

Simon suspirou e respondeu:

– Pode ir. Mas depois, rumo à igreja...

– OK.

Nós ainda ficamos um momento assim-assim, e então ele disse:

– E se nós fôssemos vê-lo?

– Quem?

– Ora, Vincent!

– Mas quando? – perguntei.

– Agora.

– Agora?

– Você quer dizer: agora? – repetiu Lola.

– Você está delirando? Quer pegar o carro e ir agora mesmo?

– Querida Garance, creio que você conseguiu resumir admiravelmente meus pensamentos.

– Você está louco – disse Lola. – Como é que a gente poderia ir assim?

– E por que não? – disse ele, procurando dinheiro nos bolsos. – Vamos indo, garotas?

Nós não nos mexemos e ele ergueu os braços para o alto:

– Vamos embora, estou dizendo! Vamos vazar! Vamos sartar fora! Nos pirulitar! Sair pela tangente! Nos escafeder!

– E Carine?

Ele abaixou os braços.

Ele pegou uma caneta no bolso do paletó e escreveu no verso da bolacha de chope.

"Nós fomos visitar o castelo de Vincent. Eu lhe confio Carine. As coisas dela estão em cima do capô do seu carro. Beijos."

– Ei, garoto! Mudança de planos. Você não precisa mais assistir à missa, mas deve entregar isso à senhora de cinza com um chapéu rosa que se chama Maud. Entendido?

– Entendido.

– Como você está indo?

– Já ganhei duas partidas extras.

– Repita o que acabo de dizer.

– Vou inscrever meu nome no quadro de honra e depois entregar sua bolacha de chope a uma senhora de chapéu cor-de-rosa que se chama Maud.

– Você fica de olho e entrega isso a ela quando estiver saindo da igreja.

– Valeu, mas isso vai custar mais caro...

Ele ria das nossas caras.

– Você esqueceu de deixar a frasqueira.

– Epa. Precisamos fazer meia-volta: isso ela nunca me perdoaria...

Eu deixei a frasqueira bem em cima da bolsa de viagem dela e nós arrancamos em meio a uma nuvem de poeira como se tivéssemos acabado de assaltar um banco.

De início, ninguém ousava dizer nada. Estávamos um pouco emocionados e Simon olhava para o retrovisor a cada dez segundos.

Nós esperávamos talvez ouvir a sirene de um carro de polícia enviado à nossa procura por uma Carine louca de ódio e com a boca espumando de raiva. Mas, nada. Nadinha. A calma mais absoluta.

Lola sentou na frente e eu estava debruçada entre eles. Cada qual aguardava que o outro fosse o primeiro a romper o silêncio desconfortável.

Simon ligou o rádio e os Bee Gees baliram:

And we're stayin'alive, stayin'alive...
Ha, Ha, Ha, Ha... Stayin'alive,
stayin' alive...

Oh, pecado. Era bom demais para ser verdade. Era um sinal! Era o dedo de Deus! (Não. Era uma música oferecida por Patou a Dany para comemorar o encontro deles no baile de Treignac em 1978, mas só soubemos disto no fim da música.) Nós emendamos todos em uníssono:

– HA! HA! HA! HA! STAYIN'ALIIIIIIII-VE..."

Enquanto Simon ziguezagueava pela D114 desfazendo o nó da gravata.

Eu recoloquei minha legging e Lola me entregou o chapéu para que eu o acomodasse no banco livre.

Pelo preço que ela havia pagado por ele, estava um pouco decepcionada de não poder usá-lo.

Disse então para consolá-la:

– Bah... Você poderá usá-lo no meu casamento.

Gargalhadas – enormes – na cabine.

O clima voltou ao normal. Havíamos conseguido jogar o ET para fora da nave espacial.

Só faltava agora resgatar o último membro da tripulação.

Eu procurava a cidadezinha de Vincent no mapa e Lola bancava a DJ. Tínhamos a escolha entre France Bleu Creuse e Radio Gélinotte. Nada de muito *sound system*, mas isso não importava. Nós tagarelávamos como loucos.

– Eu nunca o acreditaria capaz de fazer algo assim – acabou dizendo Lola, virando-se para nosso motorista.

– Com a idade nos tornamos mais sábios – respondeu Simon aceitando um dos meus cigarros.

Nós estávamos rodando havia umas duas horas, e eu contava minha viagem a Lisboa quando ...

– O que é que houve? – preocupou-se Lola.

– Você não viu?

– Viu o quê?

– O cachorro.

– Que cachorro?

– No acostamento...

– Morto?

– Não. Abandonado.

– Vamos lá! Você não precisa ficar tão abalada.

– É que você não viu o olhar dele. Entende?

Eles não entendiam.

E, no entanto, aquele cachorrinho havia escaneado minha alma, eu tinha certeza.

Aquilo me deixou na maior deprê, mas de repente Lola começou a massacrar o tema de *Missão Impossível* em altos brados e eu pensei em outra coisa.

Eu olhava para o mapa e viajava, rememorando as cartadas da noite passada. Eu havia sido cruel na última rodada blefando feito uma condenada, mas enfim... havia ganho de qualquer forma...

Tudo fazia sentido agora.

Chegamos quando a última visita estava começando.

Um sujeito branco como um fantasma, seboso e com um olhar de peixe morto, nos aconselhou a tentar alcançar o grupo no primeiro andar.

Havia ali um grupo de turistas extraviados. Mulheres de coxas moles, um casal de professores saídos de *Mephisto*, famílias normais, crianças rechonchudas e um bando de holandeses. Todos se viraram em nossa direção ao nos escutar chegar.

Vincent não nos viu, ele estava de costas, discorrendo acerca de uma seteira com um arrebatamento do qual não o julgaríamos capaz.

Primeiro choque: ele usava um blazer puído, uma camisa riscadinha, abotoaduras, um foulard enfiado dentro da gola e uma calça meio desgastada, mas de bainha batida. Estava perfeitamente escanhoado e com os cabelos cuidadosamente gomalinados para trás.

Segundo choque: ele não dizia coisa com coisa.

Este castelo estava na família havia muitas gerações. Hoje ele vivia só, enquanto esperava encontrar a pessoa certa para constituir uma família e terminar as obras de recuperação do fosso.

Era um castelo amaldiçoado, pois havia sido construído em segredo para abrigar a amante do terceiro bastardo de François I, uma certa Isaure de Haut-Brébant, que ficou louca em virtude dos ciúmes e, segundo se dizia, se transformara em uma espécie de feiticeira para lançar seus sortilégios sobre as rivais.

– E ainda hoje, senhoras e senhores, quando a lua se torna vermelha no primeiro decanato, é possível se ouvir claramente ruídos muito estranhos subindo dos porões, daqueles mesmos porões que serviam de calabouços no passado... Ao reformar e modernizar a cozinha que vocês visitarão em seguida, meu avô encontrou ossadas do tempo da Guerra dos Cem Anos e algumas moedas cunhadas no tempo de São Luiz. À vossa esquerda, uma tapeçaria do século XII, à vossa direita, um retrato da célebre cortesã. Reparem bem na pinta sob o olho esquerdo, sinal incontestável de algum tipo de maldição divina... Vocês não deixarão de admirar a maravilhosa vista que se descortina do terraço... Nos dias de vento forte é possível avistar as torres de Saint-Roch... Por aqui, por favor, tomem cuidado com o degrau.

Belisquem-me, pois estou sonhando.

Os turistas observavam atentamente a pintinha da feiticeira e indagavam a Vincent se ele não tinha medo de ficar sozinho ali à noite.

– Claro que sim! Mas tenho muito com que me defender!

Ele designava com um gesto as armaduras, as bestas, os machados e as clavas penduradas ao longo da escada.

As pessoas aquiesciam gravemente e erguiam as máquinas fotográficas.

O que significa todo esse delírio?

Quando passamos diante dele ao deixar o aposento, seu rosto se iluminou. Muito discretamente, inclinou a cabeça, com a cumplicidade do sangue existente entre velhos conhecidos.

A marca dos Grandes.

Nós prendíamos o riso entre os elmos e os arcabuzes enquanto ele continuava a perorar acerca das dificuldades decorrentes da manutenção de uma residência daquele porte...

– Quatrocentos metros quadrados de telhado, dois quilômetros de goteiras, cinquenta e duas janelas e vinte e duas lareiras, mas... sem aquecimento central. Nem eletricidade, por sinal. E tampouco água corrente, agora que vocês me fazem lembrar disto! Donde a dificuldade encontrada por esse vosso humilde servidor para arranjar uma noiva...

As pessoas riam.

– Aqui um retrato raríssimo do conde de Dunois. Notem o brasão de armas que vocês encontrarão esculpidos sobre o frontão da grande escadaria, no ângulo noroeste do pátio... Nós penetramos agora na alcova preparada no século XVIII por minha trisavó a marquesa de La Lariotine, que vinha caçar veados nas cercanias. Não somente veados, infelizmente... De tal forma que meu pobre tio, o marquês, tinha quase tantos chifres quanto aquele esplêndido cervo que vocês puderam admirar há pouco na sala de jantar... Cuidado, madame, isso é frágil. Por outro lado, aconselho-a vivamente a dar uma olhada neste pequeno banheiro... As escovas, as caixas de sais aromáticos e de unguento são de época... Não, senhorita, isso é um pinico da segunda metade do século XX, e isso um vaso para absorver a umidade... Nós chegamos agora na mais bela porção do castelo, a escada de caracol da ala norte com sua esplêndida abóbada hemisférica. Uma obra-prima renascentista... Peço a gentileza de não tocar, pois o tempo fez seu trabalho e mil dedos, lamentavelmente, provocam o mesmo estrago que um formão...

Eu alucinava.

– Infelizmente não posso lhes mostrar a capela, que está sendo restaurada, mas insisto que vocês não deixem minha modesta morada sem dar um passeio pelo parque, onde vocês não deixarão certamente de sentir as estranhas vibrações que emanam destas pedras, destinadas, como já lhes contei, a abrigar os amores de um quase rei enredado nas malhas de uma tentadora feiticeira...

Murmúrios entre os visitantes.

– Para aqueles que desejarem, temos cartões-postais, fotos de recordação feitas com armaduras e toaletes na saída do parque...

– Desejando-vos um excelente dia, eu tomo a liberdade, senhoras e senhores, de vos lembrar de não esquecer o guia. Que digo eu: guia? O pobre forçado que vive nesta morada! O escravo privilegiado que não vos pede uma esmola e sim o suficiente para sobreviver até o retorno do conde de Paris.
– Muito obrigado.
– Muito obrigado, senhoras.
– Thank you, sir...

Nós seguimos o grupo enquanto este se retirava por uma discreta saída.

Os bugres estavam encantados.

Nós fumamos um cigarro enquanto o aguardávamos.

O sujeito da portaria enfiava as crianças numa armadura amassada e as fotografava com as armas da escolha delas.

Dois euros a Polaroid.

– Cuidado, Jordan! Assim você vai furar o olho de sua irmã!

O sujeito era superzen, superlesado, ou superchapado. Ele fazia tudo lentamente e não parecia nem um pouco nervoso. Tinha um cigarro nos lábios e um boné dos Chicago Bulls com a viseira virada para trás – uma visão desconcertante. Era como se fosse um filme *trash*.

– Jordan! Solta essa porcaria!!!

Quando foram embora, Superlesado pegou um ancinho e se distanciou, mastigando sua guimba.

A gente se perguntava se o baronete de La Lariotine iria se dignar a nos dar o ar de sua graça...

Eu repetia sem parar, balançando a cabeça:

– Estou alucinando... Estou alucinando...

Simon examinava o mecanismo da ponte levadiça e Lola tentava ajeitar uma roseira meio caída.

Vincent se aproximou com um sorriso nos lábios. Agora ele vestia um black jeans surrado e uma camiseta Sundyata.

– E aí, o que vocês estão fazendo aqui?

– Estávamos com saudades suas...

– Ah! Que simpático!

– Tudo em ordem?

– Tudo. Mas vocês não deveriam estar no casamento de Hubert?

– Sim, mas nós erramos o caminho.

– Entendi. *Cool*...

Esse era bem ele: calmo, gentil. Não parecia abalado por nos ver assim de forma tão inesperada, mas estava claramente feliz com a circunstância.

Ele era nosso homem da Lua, nosso marciano, nosso irmãozinho, nosso Vincent.

Ele era *cool*.

– Então? O que vocês acham de meu pequeno acampamento? – indagou ele, abrindo os braços.

– Diga uma coisa: o que significam todas essas asneiras? – perguntei.

– O quê? As coisas que eu conto para os visitantes? Oh... Não, não se tratam apenas de asneiras.

Isaura existiu realmente, a única coisa que eu não posso afirmar é que ela tenha vindo aqui algum dia... Segundo os arquivos, ela teria vivido na aldeia ao lado, mas como o castelo da aldeia ao lado foi incendiado... Era preciso encontrar uma nova morada para ela, não é verdade?

– Não. Estou falando das histórias dos seus antepassados, seu ar de aristocrata e todas as grandes mentiras que você contou para essa gente há pouco.

– Ah! Isso... Ponha-se no meu lugar! Cheguei aqui no começo de maio para trabalhar durante a temporada de visitação. A velhota se mandou para uma estação de cura e disse que me pagaria o primeiro salário assim que retornasse. Desde então: nada de notícias! A velhota evaporou. Estamos em agosto e ainda não recebi um tostão. Nem castelã, nem folha de pagamento, nem vale postal, nem nada. E eu não posso ficar sem comer! Foi por isso que tive que inventar todo esse romance. Dependo das gorjetas para viver e as gorjetas não caem do céu. As pessoas querem algo em troca do dinheiro delas e, como vocês podem constatar, aqui não é exatamente a Disney World... Então Bibi tira o blazer e o anel senhorial do armário e se prepara para dar o seu showzinho!

– Isso é loucura!

– Pois é, m'dama, um cara tem qui fazê o qui tem qui fazê...

– E aquele outro?

– O nome dele é Nono. O salário dele é pago pela prefeitura.

– E... Bem... Você acha que ele tem todos os parafusos?

Vincent terminava de enrolar um cigarro:

– Disso não posso ter certeza. Tudo o que sei é que ele é Nono. Se você compreender o Nono tudo vai bem, caso contrário é dureza.

– Mas o que é que você faz no resto do dia?

– Na parte da manhã eu durmo, na parte da tarde faço as visitas guiadas, e reservo a noite para minha música.

– Aqui?

– Na capela. Vou lhes mostrar... E vocês? O que vocês estão fazendo?

– Bem, nós... nada. Nós queríamos lhe convidar para ir ao restaurante...

– Quando? Esta noite?

– Claro, espertalhão, não haveria de ser depois da próxima cruzada!

– Ah! Mas essa noite não será possível... É o casamento da sobrinha de Nono e fui convidado...

– Bem. Avise-nos se estivermos incomodando, heim?!

– Nada disto! É muito *cool* que vocês estejam aqui. Vamos dar um jeito nisto... Nono!

O outro se virou lentamente.

– Você acha que seria problemático se meu irmão e minhas irmãs viessem essa noite?

Ele nos examinou longamente e depois perguntou:

– É seu mano?

– É.

– E elas? São suas manas?

– São.

– Elas ainda são virgens?

– Alto lá, Nono! Não estamos falando disto! Mas que porra, Nono... Você acha que elas podem vir ou não?

– De quem?

– Puta merda! [esse cara vai acabar comigo] Eles, ora!

– Vir aonde?

– No casamento de Sandy!

– Claro que sim. Você nem precisava ter perguntado.

Ele me designou com o queixo e acrescentou:

– E essa aí, ela vai vir também?

Glup.

Esqueça-me, terrível monstrengo.

Vincent estava esgotado.

– Ele me mata. Da última vez, não sei o que ele fez, mas um garoto ficou preso na armadura e foi preciso chamar o corpo de bombeiros... Parem de rir. Logo se vê que não são vocês que têm que lidar com ele todos os dias...

– Então por que você vai ao casamento da sobrinha dele?

– Não posso deixar de ir. Ele é muito sensível... É isso, podem rir, seus panacas... Diga-me uma coisa, Simon, essas duas não parecem ter melhorado nem um pouquinho... Sem contar que a mãe dele me dá um monte de coisas boas: terrinas, legumes de sua horta, salsichões... Se não fosse por ela, eu não teria conseguido me safar.

Eu alucinava.

– E isso não é tudo... Eu preciso manter a contabilidade, limpar os banheiros, e ajudar o tarado a limpar as aleias, além de ter que fechar todas as portas.

– Quantas são?

– Oitenta e quatro.

– Nós vamos te ajudar...

– *Cool.* Vocês são legais. Veja só, ali há um outro ancinho, e para a limpeza dos toaletes a gente usa uma mangueira...

Arregaçamos as mangas de nossas belas roupas e começamos todos a trabalhar.

– Acho que aqui está bom. Vocês querem se banhar?

– Onde?

– Há um rio lá embaixo...

– Esse rio é limpo? – perguntou Lola.

– As raposas mijam dentro dele? – emendei.

– Como?

Nós não estávamos com tanto calor assim.

– Você vai tomar banho?

– Tomo banho de rio todas as noites.

– Então vamos te acompanhar...

Simon e Vincent seguiam na frente.

– Trouxe um LP dos MC5 para você.

– Verdade?!

– Bem, sim...

– Prensagem original?

– Claro...

– *Cool.* Como foi que você conseguiu isso?

– Tive que batalhar, mas nenhum esforço é demasiado para agradar monsenhor!

– Você vai tomar banho?

– Claro.

– E aí, garotas? Vocês vão entrar?

– Eu é que não vou, enquanto o outro tarado estiver nas paragens – murmurei na orelha de Lola.

– Não, não! Vamos ficar aqui, olhando vocês!

– Ele está aqui – rosnei entre dentes. – Posso sentir. Ele está escondido atrás das folhagens, olhando para a gente...

Minha irmã se divertia.

– Estou alucinando. Juro.

– Está bem, está bem! Nós já entendemos que você está alucinando. Venha cá, sente-se aqui.

Lola havia pegado a revista *Water-Closer* em minha bolsa e consultava o horóscopo.

– Você é de Aquário, não é?

– Hein? De quê? – perguntei, me virando rapidamente para espantar o onanista do Nono.

– Ei... Você está me escutando?

– Sim.

– *Muita atenção. Neste período dominado por Virgem em Leão, tudo pode acontecer. Um encontro, o grande amor, aquele por quem você suspirava está bem próximo. Assuma todo o seu charme e todo o seu* sex appeal *e, sobretudo, esteja aberta a todas as oportunidades. Seu temperamento forte já lhe causou inúmeros problemas. Agora é hora de assumir seu lado romântico.*

A idiota estava morrendo de rir.

– Volte, Nono! Ela está aqui! Ela vai assumir o lado ro...

Eu havia tapado a boca de Lola com a mão.

– Deixa de besteiras! Tenho certeza que você inventou tudo isso...

– Nem uma linha! Veja por si mesma!

Eu arranquei a revista das mãos dela.

– Mostre...

– Aqui! Veja: *Neste período dominado por Virgem em Leão,* não inventei nadinha...

– Mas que idiotice...

– Pode ser. Mas se eu fosse você, ficava de sobreaviso...

– Pfff... Tudo isso não passa de uma grande babaquice.

– Você tem razão. É melhor vermos o que anda acontecendo lá para os lados de Saint-Tropez...

– Espere! Não vai me dizer que esses peitos são de verdade, são?

– Com efeito, eu não diria isso.

– Ei, você viu o... Epa!!! Pula fora, Simon, se não vou chamar sua mulher!

Os meninos haviam vindo se esfregar contra nós. Devíamos ter esperado por isso... Ou melhor, nos lembrar... Vincent, com a boca cheia d'água, saiu correndo atrás de Lola que gritava campo afora deixando cair os botões do vestido em meio à correria.

Juntei rapidamente nossas coisas e segui no encalço dele, atirando invocações sobre todos os arbustos ao derredor com o indicador e o dedo mínimo formando um chifre:

– Vade retro, Satanás!

Vincent nos mostrou seus aposentos na área da criadagem.

Sumários.

Ele tinha descido uma cama do primeiro andar, onde sentia calor demais, e se instalado na estrebaria. Por coincidência, havia escolhido a antiga baia de *Coração de Ouro*.

Entre *Polca* e *Tempestade*.

Ele estava embecado como um lorde. Botas impecavelmente engraxadas. Um elegante terno branco da década de 1970, com cintura baixa e camisa rosa-pálido de colarinho tão pontudo que parecia chegar até a costura das mangas. O tipo de roupa que ficaria ridícula em qualquer pessoa, mas que nele parecia extremamente classuda.

Ele foi pegar o violão enquanto Simon foi buscar seu presente na mala do carro, e nós seguimos para a aldeia.

A luz do crepúsculo estava linda. Todo o campo estava iluminado de ocre, bronze e ouro velho, preparando-se para o merecido repouso após um longo dia. Vincent nos pediu para olhar para trás e admirar seu castelo.

Um verdadeiro esplendor.

– Vocês estão de gozação...

– Não, não estamos não... respondeu Lola, sempre preocupada com a Harmonia Universal.

Simon começou a cantar:

– Meu caaaastelooo é o mais beeelo dos caaaastelooos...

Simon cantava, Vincent ria e Lola sorria. Nós avançávamos em meio à ruela quente da entrada de uma pequena aldeia da região do rio Indre.

O ar recendia a resina de pinho, menta e trigo cortado. As vacas nos observavam e os passarinhos chamavam os filhos para jantar.

Algumas gramas de doçura.

Lola e eu havíamos nos paramentado de novo, com todos os atavios e seu chapéu.

Por nada. Só porque um casamento é sempre um casamento.

Enfim, isso é o que dizíamos a nós mesmas até que chegamos ao nosso destino...

Entramos num salão de festa superaquecido e cheirando a suor e meias chulepentas. Os tatames estavam empilhados num canto e a noiva estava sentada sobre uma cesta de basquete. Ela estava com cara de quem não estava entendendo muita coisa do que acontecia ao seu redor.

Mesas arrumadas como se fosse para um banquete de Asterix, vinho da região em garrafão e música a todo volume.

Uma senhora enorme empacotada em frufrus se precipitou em direção ao nosso irmão menor:

– Ah! Aqui estão eles! Venha, meu filho! Venha! Nono me avisou que sua família também viria... Venham todos, venham por aqui! Como eles são bonitos! Que chapéu maravilhoso! E como ela é magrinha, essa aqui! Como é que pode? Eles não te dão comida em Paris? Acomodem-se. Comam, meus filhos. Comam bastante. Temos tudo o que é preciso. Peçam a Gerard que vos sirva de vinho. Gerard! Venha para cá, meu amigo!

Vincent não conseguia mais se desvencilhar dos seus beijinhos e eu comparava. Eu pensava no contraste existente entre a gentileza desta senhora desconhecida e o educado desprezo de minhas tias-avós um pouco antes. Eu alucinava, ora...

– Temos que felicitar a noiva.

– Isso. Cumprimentem-na e vejam se vocês conseguem encontrar Gerard... Espero que ele já não esteja sonado, debaixo de uma mesa, pois isso seria de mau gosto.

– O que você trouxe como presente? – perguntei a Simon.

Ele não sabia.

Nós cumprimentamos a noiva sucessivamente.

O noivo estava vermelho como um pimentão e contemplava surpreendido o esplêndido prato de queijos escolhido por Carine que sua noiva acabava de desembrulhar. Era um troço oval, com folhas de parreira moldadas em Plexiglas e alças feitas com verdadeira madeira de vinhas.

Ele não parecia convencido.

Nós nos sentamos num canto da mesa, sendo calorosamente acolhidos por dois tios velhos já bastante mamados.

– Ge-rard! Ge-rard! Ge-rard! Ei, crianças, vão buscar comida para nossos amigos! Gerard! Mas onde é que ele se meteu, Deus meu?

Gerard apareceu com seu garrafão de vinho, e a festa começou.

Depois da salada de maionese servida na coquille Saint-Jacques, do cordeiro com fritas e maionese, do queijo de cabra (pronuncia-se "chieub'") e de um matacão de bolo confeitado, todo mundo se afastou para ceder lugar a Guy Macroux e sua charmosa orquestra.

Nós estávamos como bem-aventurados. Com as orelhas ligadas e os olhos bem abertos. À direita, a noiva abria o baile com o pai, ao som de Strauss com suspensórios; à esquerda, os tios começavam a discutir asperamente em virtude da implantação da contramão diante da padaria Pidoune.

Tudo isso era muito pitoresco.

Não. Melhor do que isso e menos condescendente: era saboroso.

O visual de Guy Macroux copiava o de Dario Moreno.

Bigodinho tingido com Régé Color, colete flamejante, joias de verdade e voz de veludo.

Aos primeiros compassos do acordeão todo mundo pulou na pista para dançar.

– *O que vai agradar é um pequeno tchachacha.*

– *Ah!*

– O que entra em campo é um bom mambo.
– Oh!
– Vamos lá, todos juntos!
– La la la la... la la la la...
– Não estou escutando nada!
– LA LA LA LA... LA LA LA LA LA...

– Agora lá no fundo! As mamães! Com as meninas!
– La la la... la la la... la la!

Lola e eu havíamos surtado, e eu fui obrigada a enrolar a saia para conseguir acompanhar o ritmo.

Os meninos, como de hábito, não dançavam. Vincent jogava uma lábia para uma senhorita de vestido bastante decotado, e Simon escutava as lembranças empoeiradas de um vovozinho.

Depois chegou a hora de *A jarreteira! A jarreteira! A jarreteira!*, com os inevitáveis excessos e grosserias. A noiva foi conduzida num carrinho de mão até a mesa de ping pong e... Deixa pra lá... É melhor nem contar. Ou então sou eu que sou delicada demais.

Dei uma saída. Eu começava a sentir falta de Paris.

Lola veio ao meu encontro *for the moon light cigarette*.

Ela chegou acompanhada por um sujeito de pelo colante (quer dizer: bastante cabeludo e brilhante de suor) que queria porque queria dançar de novo com ela.

Camisa havaiana de mangas curtas, calça de viscose, meias brancas caneladas e mocassins em tressê espanhol.

Um charme enlouquecedor.

E, e, e... eu já ia esquecendo: o famoso colete de couro com bolsos na altura do peito! Três bolsos do lado esquerdo e dois do lado direito. E mais o canivete no cinto e o celular em sua capinha. E mais o brinco. E mais os óculos escuros. E a correntinha para prender a carteira. Só faltava mesmo o chicote.

Indiana Jones em pessoa.

– Você me apresenta?

– É... Bem... Quer dizer... Minha irmã Garance e... e...

– Você já esqueceu meu nome?

– É... Jean-Pierre?

– Michel.

– Ah! Isso mesmo, Michel! Michel Garance, Garance Michel...

– Salve – disse eu, com a maior seriedade possível.

– Jean-Michel. Meu nome é Jean-Michel... Jean como o jeans e Michel como o Monte Saint-Michel. Mas sem rancor, vamos lá: salve! Quer dizer então que vocês duas são irmãs? É engraçado, pois vocês não se parecem nem um pouco... Vocês têm certeza de que uma das duas não é filha do carteiro?

Ha! Ha Ha!

Quando ele se afastou, Lola balançou a cabeça e disse:

– Não aguento mais. Descolei o sujeito mais barra-pesada do lugar. Um piadista de uma delicadeza... Nem mesmo a turma das Grosses Têtes seria capaz de aceitá-lo... Esse cara é uma verdadeira calamidade.

– Cala a boca, ele está voltando.

– Ei! Você conhece aquela do cara que tem cinco picas?

– Bem... Não. Não tive ainda essa oportunidade.

– Então é o seguinte: esse cara tem cinco picas.

Silêncio.

– E daí? – perguntei.

– Daí que a cueca dele se ajusta no corpo como se fosse uma luva!

Socorro.

– E a da puta que não chupa?

– Como?

– Vocês sabem como se chama uma puta que não chupa?

O que mais me fazia rir era a expressão de minha irmã. Minha irmã sempre tão elegante com seus vestidos vintage de Saint Laurent, seus gestos ainda remanescentes das aulas de balé clássico, seu anel de pedra entalhada, e seu mal-estar quando é preciso comer algo servido sobre um guardanapo de papel... Eu me divertia com sua expressão de espanto e seus olhos arregalados como pires em porcelana de Sèvres.

– Então?

– Lamentavelmente devo morder a própria língua, pois eu não sei.

(Classuda *e* engraçada. Eu a adoro)

– Pois bem: a gente não chama, ora essa! Ha! Ha Ha!

O sujeitinho estava a todo vapor... Ele se virou para mim, com os polegares enfiados nos bolsos do colete:

– E você? Conhece a do cara que enrolou o hamster dele com fita isolante?

– Não. Mas não quero que você a conte porque é grossa demais.

– Ah, bom? Então quer dizer que você a conhece?

– Ei, Jean-Mont-Saint-Michel, estou precisando falar uma coisa com minha irmã...

– Tudo bem, tudo bem, já entendi. Vou sartar fora. Vejo vocês daqui a pouco, louquetes!

– Pronto? Ele foi embora?

– Sim, mas agora Toto veio ocupar o lugar dele.

– E quem é Toto?

Nono havia se sentado numa cadeira à nossa frente.

Ele nos observava enquanto coçava o interior dos bolsos da calça com grande empenho.

Bom.

Vai ver que era o terno novo em folha que estava pinicando naquele local...

Santa Lola lhe deu um sorrisinho para que ele ficasse mais à vontade.

Gênero: Salve Nono. Nós somos suas novas amigas. Seja bem-vindo ao nosso coração...

– Vocês ainda são virgens? – indagou ele.

Ele realmente estava ficando obcecado com aquela história... (Que surpresa!)

Irmã Sorriso não passou recibo:

– Então quer dizer que você é o guardião do castelo?

– Cala a boca. Não estou falando com você e sim com a de grandes tetas.

Eu tinha certeza. Sim, eu tinha certeza de que um dia iríamos rir disto. Nós ficaríamos velhas um dia e, como nunca fizemos seriamente nossa ginástica do períneo, acabaríamos mijando nas calças de tanto rir ao rememorar essa noitada. Mas agora eu não tinha a menor vontade de rir porque... porque Nono babava um pouco do lado da boca onde não estava a guimba de cigarro, e isso era de deixar qualquer um louco: aquele filete de baba que não parava de escorrer sob a luz do luar...

Por sorte, Simon e Vincent chegaram justamente neste momento.

– Vamos indo?

– Boa ideia.

– Vão indo na frente que tenho que pegar meu violão.

Tout l'amour que j'ai pour touâââââ...

Wap dou ouâ douâ douâ... Wap dou ouâ...

A voz de Guy Macroux ressoava por toda a aldeia e nós íamos dançando entre os carros.

Mes criiiis de joiââââââââââ, je te les doiââââââââ...

– Para onde estamos indo?

Vincent contornava o castelo e se embrenhava por um caminho sombrio.

– Vamos tomar um último trago, uma espécie de *after* se vocês preferirem... Vocês estão cansadas, garotas?

– E Nono? Ele nos seguiu?

– Claro que não... Esqueça Nono... Então? Vocês vêm?

Era um acampamento de ciganos. Havia uma vintena de trailers, cada qual mais comprido que o outro, grandes camionetes brancas, roupa estendida no varal, cobertores, bicicletas, crianças, bacias, pneus, antenas parabólicas, televisores, caldeirões, cachorros, galinhas e até mesmo um porquinho preto.

Lola estava escandalizada:

– Meia-noite passada e essas crianças ainda estão acordadas. Pobrezinhos...

Vincent ria.

– Você os está achando com cara de pobrezinhos, por acaso?

As crianças riam, corriam para todos os lados e vinham em direção a Vincent. Brigavam para ver quem teria o privilégio de carregar seu violão e as meninas menores nos davam as mãos.

Minhas pulseiras as deixavam fascinadas.

– Eles estão seguindo para as Saintes-Maries-de-la-Mer... Só espero que já tenham partido quando a velhota retornar, pois fui eu quem lhes deu a permissão de acampar aqui...

– Você está parecendo até o capitão Haddock em *Les Bijoux de la Castafiori* – brincou Simon.

Um velho cigano o abraçou.
– Aqui está você, meu filho!

Ele havia arranjado outras famílias, o pequeno papai Vincent... Não me admirava nada que ele estivesse esnobando a nossa.

Depois, foi como um filme de Kusturica antes que ele ficasse metido.

Os velhos cantavam canções tristíssimas que mexiam fundo dentro da gente; os jovens batiam palmas e as mulheres dançavam em torno da fogueira. A maioria era gorda e mal-vestida, mas quando elas dançavam o mundo dançava junto com elas.

A criançada continuava a correr para tudo quanto era lado e as vovós assistiam televisão enquanto ninavam os bebês. Quase todas tinham dentes de ouro e faziam questão de rir bastante para exibi-los.

Vincent estava inteiramente à vontade no meio deles. Tocava violão com os olhos fechados para melhor se concentrar e manter o ritmo e a distância.

Os velhos tinham unhas duras como garras e seus violões tinham longos sulcos no local em que eles os arranhavam.

Tdzouing tdzouing, toc.

Ainda que eu não pudesse entender nada, não tinha dificuldades em captar o sentido das letras...

Oh, meu país, onde estás? Oh, meu amor, onde estás?

Oh, meu amigo, onde estás? Oh, meu filho, onde estás?

Com uma sequência que devia dizer algo assim:
Eu perdi meu país, tudo que tenho são lembranças.
Eu perdi meu amor, tudo que tenho são tristezas.
Eu perdi meu amigo, e agora canto para ele.

Uma velha senhora nos servia refrescantes cervejas. Nem bem esvaziávamos o copo e ela os enchia de novo.

Os olhos de Lola brilhavam. Ela estava com duas meninas nos joelhos e esfregava seu queixo contra os cabelos delas. Simon olhava para mim sorrindo.

Nós havíamos percorrido um longuíssimo caminho desde essa manhã, nós dois...

Opa, lá vem de novo vovó hilária com sua cervejinha morna...

Fiz um sinal para Vincent para saber se ele tinha algo para fumar, mas ele me fez sinal de calar e sussurrou para deixar isso para mais tarde... mais um contraste: essa gente que não manda os filhos para a escola, que deixa talvez fenecer um pequeno Mozart naquele acampamento improvisado, e que ignora solenemente nossas leis de laboriosos sedentários, não fuma um baseado.

Salve Santa Mercedes-Benz, porque pelo menos temos isso.

– Meninas, vocês podem dormir na cama de Isaure...

– Com os gemidos que sobem das antigas masmorras? Agradeço muito, mas nada disto.

– Mas tudo não passa de lorota que eu mesmo inventei!

– É mesmo? E o outro maluco, que tem a chave do castelo? Nem pensar. Vamos dormir junto com vocês!

– OK, OK! Não precisa ficar nervosa, Garance...

– Eu não estou nervosa! É que eu ainda sou uma pobre virgem, se é que você não sabe!

Apesar de morta de cansaço, eu ainda tinha conseguido fazê-los rir e estava superorgulhosa de meu feito.

Os meninos dormiram na baia de *Coração de Ouro* e nós na de *Tempestade*.

Foi Simon quem nos acordou. Ele havia ido até a aldeia para comprar croissants.

– Da padaria Pidoule? – perguntei.

– Da padaria Pidoune.

Naquele dia Vincent não abriu as portas do castelo aos visitantes.

O letreiro que colocou na entrada informava: "Fechado em virtude da queda de pedras."

Ele nos levou para conhecer a capela. Nono e ele haviam instalado o piano do castelo em frente do altar, de modo que todos os anjos do Céu agora podiam bailar à vontade ao ritmo das suas melodias.

Fomos brindados com um pequeno concerto.

Era engraçado estar ali numa manhã de domingo. Sentados num genuflexório, quietos e compenetrados, banhados pela luz dos vitrais, escutando uma nova versão de *Knock, knock on the Heavens door*...

Lola queria conhecer o castelo de fio a pavio, portanto pedimos a Vincent para refazer seu show. Morríamos de tanto rir.

Ele nos mostrou tudo: os aposentos da castelã, suas roupas, sua cadeira furada, suas ratoeiras, suas receitas de patê de rato, sua garrafa de aguardente e seu velho *Guia da alta sociedade*, todo ensebado de tanto ter sido manuseado. E depois o sótão, o porão, as dependências de empregados, o depósito dos apetrechos de montaria, o pavilhão de caça e o antigo caminho de ronda.

Simon ficava fascinado com a inventividade dos arquitetos e dos demais especialistas em fortificações, enquanto Lola aproveitava para herborizar.

Eu estava sentada num banco de pedra e observava os três.

Meus irmãos debruçados sobre o fosso... Simon devia estar lamentando não ter à mão seu mais moderno modelo de barco de controle remoto... Ah, se ao menos Séssil Dabliú estivesse aqui... Vincent devia ler seus pensamentos, porque ele disse:

– Esqueça os seus barcos... Existem carpas monstruosas aí dentro... Elas os destroçariam em poucos segundos...

– Verdade?

Silêncio evocativo enquanto acaricia o musgo do guarda-corpo...

– Ao contrário, seria bem mais divertido – acabou dizendo nosso capitão Achab. – Preciso voltar aqui com Leo... Para deixar essas feras destroçarem esses brinquedos nos quais ele sempre foi proibido de mexer. Isso é o que haveria de ser melhor para nós dois...

Não escutei o fim do comentário, mas vi que eles se cumprimentavam com as mãos espalmadas como se tivessem acabado de fechar um grande negócio.

E minha Lola, ajoelhada, desenhando em meio às margaridas e às ervilhas de cheiro. O dorso de minha irmã, seu chapelão, as borboletas brancas que se aventuravam a pousar em suas abas, seus cabelos presos por um pincel, sua nuca, seus braços descarnados pelo divórcio recente, e a base de sua camiseta, que ela usava para atenuar as cores. Essa palheta de algodão branco que ela ia aquarelando aos poucos...

Nunca senti tanta falta de minha máquina fotográfica.

Podemos debitar isso ao cansaço, mas eu me surpreendi ao me sentir assim toda melosa, com um grande sentimento de ternura por aqueles três, mesclado à intuição de que degustávamos ali nossas últimas guloseimas da infância...

Há trinta anos eles tornavam minha vida mais bela... Que seria de mim sem eles? O que aconteceria quando a vida enfim nos separasse?

Porque é assim que as coisas são: o tempo separa aqueles que se amam, e nada dura para sempre.

O que nós vivíamos ali era um brinde, um suplemento, e todos nós quatro tínhamos perfeita consciência disto. Uma trégua, um parêntese, um momento de graça. Umas poucas horas roubadas aos outros...

Durante quanto tempo ainda seríamos capazes de nos arrancar do fluxo do cotidiano para nos refugiar entre nós? Quantas tréguas a vida ainda nos concederia? Quantas oportunidades de aprontar sacanagens? De aproveitar todas as suas vantagens? Quando iríamos nos distanciar e romper as amarras?

Quantos anos ainda faltavam antes de envelhecermos?

E tenho certeza de que pensávamos todos a mesma coisa, pois nos conheço bastante.

O pudor nos impedia de falar, mas neste exato momento de nossas trajetórias, estávamos todos conscientes de que vivíamos ao pé deste castelo em ruínas o fim de uma época, e que a época da muda se avizinhava. Seria preciso deixar para trás essa cumplicidade, essa ternura, esse amor um tanto áspero.

Seria preciso nos desligar, soltar as mãos e crescer enfim.

Era preciso que os irmãos Dalton também partissem cada qual para seu lado à luz do crepúsculo...

Idiota como sou, já estava quase me fazendo chorar sozinha quando avistei algo no fim do caminho...

Mas o que é isso?

Pulei de pé apertando os olhos.

Um animal, um pequeno animal avançava com dificuldade em minha direção.

Estaria ferido? Que tipo de animal era?

Uma raposa?

Uma raposa com um frasco de urina enviada por Carine?

Um coelho?

Era um cachorro.

Inacreditável.

Era o cachorro que avistei ontem à beira da estrada e que se dissolveu no parabrisas traseiro à medida que seguimos em frente...

Era o cachorro cujo olhar se cruzou com o meu há uma centena de quilômetros daqui.

Não. Não poderia ser ele... Mas era...

Incrível. Minha história ia passar no programa "Trinta milhões de amigos"!

Eu me agachei estendendo a mão para ele. O coitado não tinha sequer força de abanar o rabo. Ele deu ainda três passos em minha direção e desabou em minhas pernas.

Fiquei imóvel durante alguns segundos. Estava arrasada: um cachorro acabara de morrer aos meus pés.

Não. Ele acabou emitindo um débil gemido ao tentar lamber uma pata. Ele estava sangrando.

Lola se aproximou e disse:

– De onde saiu esse cachorro?

Ergui o rosto para ela e respondi com a voz trêmula:

– Estou alucinando.

Nós nos unimos para tratar dele. Vincent foi buscar água, Lola preparava uma gororoba para lhe dar de comer, e Simon havia roubado uma almofada do Salão Amarelo.

Ele bebeu como um camelo e desabou na poeira. Nós o transportamos para a sombra.

Uma história absolutamente demente.

Preparamos víveres para fazer um piquenique e descemos até o rio.

Minha garganta estava seca ante a ideia de encontrar o cãozinho morto quando voltássemos. Mas enfim... pelo menos ele havia escolhido um belo local... E grandes carpideiras...

Os rapazes calçaram as garrafas na beirinha d'água enquanto nós estendíamos um cobertor sobre a relva. Nós nos sentamos e Vincent disse:

– Veja só! Ele de novo...

O cachorro se arrastara novamente em meu encalço. Ele se aninhou contra minha coxa e caiu no sono de imediato.

– Creio que ele está tentando fazer com que você entenda algo – disse Simon.

Os três riam, mexendo comigo:

– Ei, Garance, não faça essa cara! Ele te ama! É só isso. Vamos lá, Cheese... Isso não é tão grave assim.

– Mas o que é que vocês querem que eu faça com um cachorro? Vocês podem me imaginar com um cachorro em meu minúsculo conjugado do sexto andar?

– Não há como escapar – disse Lola. – Lembre-se do seu horóscopo: você está dominada por Vênus em Leão, e esse foi o grande encontro para o qual você devia ter se preparado. Eu bem que avisei...

Eles gargalhavam a não poder mais.

– Encare isso como um sinal do destino: esse cachorro chegou para te salvar – disse Simon.

– Sim... Para que você passe a ter uma vida mais saudável e equilibrada – completou Lola.

– E acorde bem cedo para levá-lo para fazer xixi na rua. Compre uma calça de jogging e comece a passar os fins de semana no campo – acrescentou Simon.

– Para que você passe a ser responsável e respeitadora dos horários – opinou Vincent.

Eu estava arrasada.

– Merda! Poupem-me pelo menos a calça de jogging. Tudo menos isso...

Vincent, que acabava de abrir uma garrafa de vinho, disse:

– Além do mais, ele é muito bonitinho...

Infelizmente eu tive que lhe dar razão. Mesmo machucado, arranhado, imundo, em frangalhos e sem alguns tufos de pelo... ele ainda era lindo.

– Espero que você não ouse abandoná-lo depois do sacrifício todo que ele fez para te encontrar.

Eu me curvei um pouco para examiná-lo melhor.

Ele estava um pouquinho fedorento...

– Não vai me dizer que você vai entregá-lo à SPA. Vai?

– Ei, por que essa cisma comigo? Devo lembrar que nós o achamos todos juntos!

– Veja! Ele está sorrindo para você! – exclamou Lola.

Putz. Era verdade. Ele havia se virado um pouco de lado e agitava molemente o rabo enquanto olhava para mim.

Oh... Por quê? Por que eu? Será que ele cabia na cestinha da minha bicicleta? E a zeladora que já implica tanto comigo...

E o que é que isso come?

Quantos anos isso vive?

Ah, e o saquinho de plástico para catar cocô? E a coleira com extensão autobloqueadora? As conversas idiotas com todos os vizinhos que passeiam com seus cachorros? E os distribuidores de ração?

Senhor...

O vinho estava bem fresco. Nós roemos os frios, mordemos pedaços de pão com camadas de patê tão grossas quanto um edredom, saboreamos tomates mornos e adocicados, pirâmides de queijo de cabra e as peras do pomar.

Nós estávamos bem. Havia o gluglu da água, o ruído do vento nos galhos das árvores e as conversas dos pássaros. O sol alaranjava o rio, crepitava por aqui, se escondia mais adiante, torpedeava as nuvens e corria pelas margens. Meu cachorro sonhava com o asfalto de Paris rosnando baixinho de alegria e as moscas nos amolavam.

Nós conversamos a respeito das mesmas coisas que conversávamos dez, quinze ou vinte anos atrás, ou seja, dos livros que havíamos lido, dos filmes que havíamos visto, das músicas que havíamos escutado e dos sites que havíamos descoberto. De Gallica, de todos os novos tesouros da internet, dos músicos que nos impressionavam, das entradas para concerto ou das passagens de trem que tencionávamos oferecer a nós mesmos, das exposições que iríamos forçosamente perder, de nossos amigos, dos amigos de nossos amigos, e das histórias de amor que havíamos – ou não havíamos – vivido. Quase nunca, por sinal, e nisso nós éramos os melhores. Quer dizer: para contar histórias. Estendidos na relva, atacados e mordidos por todos os lados por uma porção de animaizinhos, nós fazíamos troça de nós mesmos, tínhamos frouxos de riso incontroláveis e torrávamos ao sol.

Até que falamos a respeito de nossos pais. Como sempre. De mamãe e de Pop. De suas novas vidas. Dos amores deles e de nosso futuro. Em suma: das pequenas coisas e das pessoas que fazem parte das nossas vidas.

Não era grande coisa nem um grande mundo... mas era infinito!

Simon e Lola nos contaram a respeito dos seus filhos. Dos progressos que faziam, das travessuras e das frases que deveriam anotar em algum lugar antes que as esquecessem. Vincent discorreu durante longo tempo a respeito de sua música. Será que valeria a pena persistir ou era melhor abandonar tudo? Onde trabalhar? Como? Com quem? E com que tipo de expectativa? E eu lhes anunciei um novo colóquio que, sim, esse teria papers, de meu trabalho, de minha dificuldade em me visualizar como uma boa juíza. Tantos anos de estudo e tão pouca autoconfiança no final das contas, era desconcertante.

Será que eu não havia tomado a estrada errada numa encruzilhada? Quando é que a coisa começara a desandar? Haveria alguém esperando por mim em algum lugar? Os três me encorajaram e me sacudiram um pouco e eu fingi que concordava docilmente com seus comentários.

Por sinal, todos fomos sacudidos e todos fingimos que concordávamos.

Isso porque a vida é, ao menos em parte, um blefe. Não é?

Esse tapete curto demais e o dinheiro que falta. Essas mãos fracas demais que nos impedem sempre de seguir avante... Nós estávamos todos de acordo a esse respeito, com nossos grandes sonhos e nossos aluguéis vencendo no dia 5 de cada mês.

Decidimos então abrir outra garrafa de vinho para levantar o moral.

Vincent nos fazia rir com suas últimas encrencas sentimentais:

– Esperem um pouco! Ponham-se no meu lugar! Uma garota que eu sigo durante dois meses, que fico esperando diante da faculdade durante seis horas, que eu levo para jantar três vezes e que eu acompanho vinte vezes até seu alojamento em Tataouine-les-Bains e que eu convido para a ópera com lugares de cem euros cada! Porra!

– E ainda não rolou nada entre vocês dois?

– Coisa nenhuma. Nada. Neca de pitipiriba. Mas que merda! Duzentos e vinte euros! Vocês têm ideia de quantos discos eu poderia comprar com essa grana?

– Eu a compreendo... Um cara que faz esse tipo de cálculo medíocre merece mesmo ficar na mão... – alfinetou Lola.

– Mas você tentou beijá-la? – perguntei ingenuamente.

– Não. O pior é isso... Não tive coragem de tentar.

Gozação geral e irrestrita.

– Eu sei, eu sei. É idiota, mas sou tímido...

– E como ela se chama?

– Eva.

– Qual é a nacionalidade dela?

– Não sei. Ela bem que me disse, mas eu não entendi...

– Saquei... E... Você acha que há uma brecha, ainda assim?

– É difícil dizer... Mas ela me mostrou fotos da mãe dela...

Aí já era demais.

Nós rolávamos na relva de tanto rir enquanto Don Juan continua a contar suas aventuras amorosas.

– Oh... Você me dá esse? – supliquei.

Lola arrancou a página do seu caderno de desenho e me deu, erguendo os olhos para o céu.

Ela havia conseguido captar a nobreza do meu caçador de ratos estendido ao sol. Para falar a verdade, o único macho que correu atrás de mim com tanta determinação...

O desenho seguinte era uma bela vista do castelo.

– Acho que devemos enviá-lo para Pop com uma pequena mensagem – propôs irmã Lola.

(Nosso Pop não tem telefone celular.) (Bom, para falar a verdade, ele nunca teve telefone fixo tampouco...)

Como todas as outras e desde sempre, essa também era uma boa ideia de Lola, e como sempre e até a perpetuidade, nós nos alinhamos atrás do penacho branco de nossa irmã mais velha.

Parecia até o último banco do ônibus na volta da colônia de férias: caneta e papel passaram de mão em mão. Pensamentos, saudações, ternuras, besteiras, pequenos corações e grandes beijos.

O detalhe é que não sabíamos para onde deveríamos enviar a carta. Mas isso não era culpa de nosso Pop, era culpa de Maio de 68.

– Acho que ele está num canteiro naval em Brighton...

– Nada disto – brincou Vincent. – Faz frio demais lá! E agora o velhote está reumático! Ele deve estar em Valença, com Richard Lodge.

– Tem certeza? – me surpreendi. – A última notícia que tive dele é que seguia para Marselha...

– ...

– Bom, vou guardar a carta na minha bolsa. O primeiro que tiver uma pista me avisa – decidiu Lola.

Silêncio.

Mas Vincent engrenou alguns acordes para que nós não nos déssemos conta dele.

Numa bolsa...

Todos aqueles beijos que sufocávamos no íntimo. Todos aqueles corações trancados junto com chaves e talões de cheque.

Sob as barricadas de Maio de 68: absolutamente nada.

Felizmente eu tinha meu cachorro! Ele estava coberto de pulgas e lambia metodicamente os colhões.

– Está rindo de que, Garance? – indagou Simon, para dissipar a melancolia.

– De nada. É que tenho muita sorte...

Minha irmã voltou a desenhar, os meninos se banharam no rio, e eu observei meu querido que ressuscitava aos poucos à medida que eu o empanturrava de pão com patê.

O safado engolia só o patê e cuspia o pão.

– Como você vai chamá-lo?

– Não tenho a menor ideia.

Foi Lola quem soou a trombeta da partida. Ela não queria se atrasar para pegar os filhos com o pai, e nós percebíamos que estava febril. Mais que febril, por sinal, inquieta, friável, sorrindo amarelo.

Vincent me devolveu o iPod que estava com ele havia dois meses.

– Tome. Eu já havia prometido essa seleção há tanto tempo...

– Ah, muito obrigado! Você pôs tudo o que eu gosto?

– Tudo não, é claro. Mas você vai gostar desta seleção...

Nós nos abraçamos em meio a piadinhas idiotas para encurtar a despedida e depois fomos para o carro. Simon atravessou o fosso antes de reduzir a marcha. Eu me debrucei na janela e gritei:

– Ei, Coração de Ouro!

– O quê?

– Eu também tenho um presente para você!

– O que é?

– Eva.

– O que é que tem Eva?

– Ela chega depois de amanhã, no ônibus que vem de Tours.

Ele corria em nossa direção.

– Heim? Que babaquice é essa?

– Não é babaquice nenhuma. Nós ligamos para ela quando você estava tomando banho de rio.

– Mentirosas... (Ele estava completamente pálido.) Para começar, vocês não tinham nem o número dela.

– Mas você tinha, na agenda do seu celular...

– Vocês estão mentindo.

– É verdade, estamos mentindo. Mas, por via das dúvidas, não deixe de ir até o ponto de ônibus pois nunca se sabe...

Ele estava todo vermelho.

– Mas o que vocês disseram para ela?

– Que você morava num grande castelo e que havia composto uma magnífica canção para ela e que era preciso que ela viesse escutar porque você iria tocar para ela numa capela e isso iria ser *romantitchno*...

– O quê?

– É servo-croata.

– Não acredito.

– Azar o seu. Se você vacilar é Nono quem vai tomar conta dela...

– É verdade, Simon?

– Não sei de nada. Mas conhecendo essas duas megeras sei que tudo é possível...

Agora ele estava todo rosado.

– Sério? Ela chega depois de amanhã?

Simon ligou novamente o motor.

– Pelo ônibus das dezoito e quarenta! – gritou Lola.

– No ponto em frente à padaria Pidoule! – urrei por cima do ombro dela.

Quando ele desapareceu completamente do retrovisor, Simon disse:

– Garance?

– Sim?

– O certo é Pidou-neu.

– Tudo bem, me desculpe. Veja só, é o tarado do Nono... Atropela ele!

Esperamos chegar na autoestrada para escutar o presente de Vincent.

Lola conseguiu finalmente reunir coragem suficiente para perguntar a Simon se ele era feliz.

– Você está perguntando isso por causa de Carine?

– Um pouco...

– Veja só... Em casa ela é bem mais gentil... Ela só fica insuportável quando vocês estão por perto. Acho que ela tem ciúmes... Ela tem medo de vocês. Acha que amo vocês mais do que a ela e... que vocês representam tudo aquilo que ela jamais poderá vir a ser. É o lado maluquete de vocês que a deixa desconcertada. Esse jeitinho de vocês de demoiselles *de Rochefort*... Acho que ela é complexada. Ela tem impressão de que a vida para vocês se assemelha ao pátio de recreio de uma escola e que vocês ainda são daquelas estudantes populares que encarnavam nela porque ela era a primeira da classe. Essas meninas lindas, inseparáveis, engraçadas e invejadas em segredo...

– Se ela soubesse... – disse Lola, apoiando o rosto contra o vidro da janela.

– Mas o problema é justamente esse: ela não sabe. Ao lado de vocês duas ela se sente completamente desamparada. É verdade que às vezes ela é de lascar, mas fico feliz que ela seja minha... Ela me impulsiona, me lança para frente, me obriga a avançar. Sem ela, tenho certeza de que ainda estaria perdido nas minhas curvas e nas minhas equações. Estaria enclausurado num conjugado, ocupado em queimar as pestanas com física quântica!

Ele se calou.

– É preciso não esquecer que ela me deu dois belos presentes...

Assim que passamos pelo pedágio, conectei o iPod no rádio do carro pensando:

"Vamos ver, o que você preparou para a gente, garotão..."

Sorrisos de cumplicidade. Simon puxou o cinto de segurança para deixar mais espaço para a música. Lola abaixou o encosto do banco e eu aproveitei para me acomodar no seu ombro.

Marvin em estilo Senhor Leal: *Here my Dear... This album is dedicated to you...* Uma versão delirante de *Pata Pata* de Miriam Makeba, capaz de estalar todas as juntas. *Hungry Heart* do Boss, pois fazia quinze anos que ele nos fazia remexer o traseiro, e, um pouco mais além na lista, *The River*, para alimentar esse coração faminto. *Beat It*, do falecido Bambi a todo vapor, conseguindo se esgueirar com sucesso entre as bandas dos brancos. *Friday I'm in*

Love, do Cure para – perdão, vou abaixar o volume – festejar esse belo fim de semana. *Common People*, na versão dos Pulp, que nos ensinou mais inglês do que todos os nossos professores juntos. Boby Lapoint lamentando: "você está mais bela do que nunca... menos seu coração. Seu coração não tem mais o calor que eu amava nele..." Sua *Maman des poissons* e a de Eddy Mitchell, "mamãe acabei de fazer catorze anos... Eu prometo que vou ganhar muito dinheiro para você..." Uma versão sublime de *I Will Survive* do Musica Nuda e outra, supersofrida, de *Funny Valentine*, por Angela McCluskey, que também canta um *Don't Explain* a fazer chorar de arrependimento o mais safado dos galinhas... Christophe com seu colete de cetim: "era a *dolce vita*..." O violoncelo de Yo-Yo Ma para Ennio Morricone e seus jesuítas. Voulzy que se manda para Grimaud e Dylan que repete incessantemente *I want you* para duas irmãs quase virgens. Zaza afirmando: "você fede, mas eu te amo mesmo assim..." E eu, o que eu não daria para pular no colo de Thomas Fersen... e sua bolsa também... "vamos aonde o Destino nos levar, Germaine, vamos seguir ao sabor de nossa vontade..." Nina Simone implorando *Love me or leave me*, enquanto eu surpreendo Lola assoando o nariz... Não, não. Vincent não gosta que sua irmã fique triste, então emenda com os flautistas de Goldman para recuperar o ânimo... Montand cantando "assim faz o amor e não podemos evitar..." em memória de Paulette e Bashung em memória de Bashung... "de hora em hora o apicultor morre..." *La Mariée* de Patachou e *Le Petit Bal perdu* do falso ingênuo. Björk urrando que as coisas estão calmas demais. *Nisi Dominus*, de Vivaldi, para agradar Camille e aquela canção de Neil Hannon da qual Mathilde gostava tanto. Kathleen Ferrier para Mahler, Glenn Gould para Bach e Rostro para a paz. A doce canção de Henri Salvador, aquela mesma que nossa mamãe cantava e que nós ouvíamos chupando o dedo até cair no sono. Dalida: "ele acabara de fazer dezoito anos e era belo como uma criança..." A música-tema de *Pas sur la bouche*, o filme que salvou minha vida no momento em que eu já havia entregado os pontos. Um pequeno trecho metereológico a respeito da chuva em Nantes com Barbara. Luis Mariano louvando seu sol mexicano. Pyeng Threadgill repetindo *Close to me*, e eu achando que é justamente isso meus queridos... A elegância de Cole Porter sublimada pela de Ella Fitzgerald, com Cindy Lauper assegurando o contraste: "Oh, papai! As garotas querem apenas se divertir!" eu urro, sacudindo meu cachorro como se fosse um bichinho de pelúcia enquanto todas as suas pulgas dançam a macarena.

E um monte de outras mais... Um monte de megaoctetos de felicidade.

Piscadelas cúmplices, lembranças, músicas lentas que rememoram noitadas fracassadas, *miousic wâse maille feurst love* (apenas para experts), klezmer music, sucessos da Motown, música de guinguettes, canto gregoriano, uma fanfarra ou grandes órgãos, e, de repente, quando o carro enchia a cara e a bomba disparava, Ferré e Aragon se espantando: "é assim que vivem os homens?"

À medida que as músicas se sucediam, eu tinha mais dificuldade em conter as lágrimas. Tudo bem, eu já disse, estava cansada, mas sentia aquele bolo crescendo, crescendo cada vez mais na minha garganta.

Era emoção demais de uma vez só. Meu Simon, minha Lola, meu Vincent, meu Eualucino no colo, e todas essas canções que me ajudavam a viver há tanto tempo...

Eu precisava assoar o nariz.

Quando a máquina silenciou, pensei que as coisas fossem melhorar, mas o safado do Vincent começou a falar nos alto-falantes:

– É isso, minha Rançosa. Bom... espero não ter esquecido de nada... Ah, uma última para a estrada...

Era a versão de *Hallelujah* de Leonard Cohen por Jeff Buckley.

Aos primeiros acordes da guitarra, eu mordi os lábios e ergui os olhos para o teto, para conter as lágrimas.

Simon mexeu no retrovisor para me enquadrar:

– Tudo bem? Você está triste?

– Não – respondi, me dilacerando toda por dentro – É que estou sup... superfeliz.

Passamos o fim da viagem sem dizer uma única palavra sequer. Só rebobinando o filme e pensando no dia seguinte.

Fim do recreio. O sinal iria tocar. Todos alinhados no pátio em duas filas.

Silêncio, por favor.

Eu já falei: silêncio!

Deixamos Lola na Porte d'Orléans e Simon me acompanhou até a entrada do meu prédio.

No momento em que ele ia partir, segurei seu braço e disse:

– Espere um pouco. Só dois minutos...

Dei uma corrida até a mercearia do senhor Rachid.

– Tome. Não esqueça da encomenda – eu lhe disse, estendendo um pacote de arroz.

Ele sorriu.

Ele manteve o braço erguido durante bastante tempo e, quando o carro sumiu na esquina, voltei ao meu fornecedor preferido para comprar croquetes e uma lata de ração de cachorro.

– Tô ti privinindo, Garance, si teu cachorro mijá mais uma vez nas berinjelas, vou depilá eli também.

NOTAS DO TRADUTOR

Página 19

Meetic: site de relacionamentos que alardeia ser o maior do gênero na União Europeia.

Página 20

Dom-Tom: acrônimo para Départements d'Outre-Mer e Territoires d'Outre-Mer, ou seja, as possessões francesas situadas fora do continente europeu.

Nigloland: grande parque de diversões (no estilo Disney World) situado na região de Champagne.

Casto: abreviação de Magasin Castorama que, assim como **Leroy Merlin** (presente no Brasil desde 1997), é uma rede de loja de materiais de construção, utilidades domésticas e produtos para decoração de interiores.

Página 28

Armand Robin: escritor, tradutor, jornalista e radialista francês nascido em 1912 e falecido em 1961. Extremamente dotado para línguas, chegou a compreender 26 idiomas, tendo trabalhado no serviço de escuta de rádio durante o Governo de Vichy, para o qual redigia um *Bulletin d'écoutes* na Segunda Guerra Mundial. Mas, em 1942, liga-se à Federação Anarquista e, dois anos mais tarde, passa a produzir seu boletim para o movimento de Resistência. A carta em questão, *Lettre à la Gestapo*, foi escrita em 5 de outubro de 1943 e, segundo consta, efetivamente enviada à polícia política nazista.

Michel Leiris: escritor, etnólogo e crítico de arte francês, ligado ao grupo surrealista, nascido em 1901 e falecido em 1990. O carneiro em questão é uma citação de um dos versos do poema de amor "Léna", publicado no livro *Haut Mal*, em 1943.

Francesca [Johnson]: é a personagem interpretada por Meryl Streep em *As pontes de Madison*, filme produzido, dirigido e interpretado por Clint Eastwood e baseado no livro *The Bridges of Madison County* de Robert James Waller.

Nicola Carati: é o protagonista (interpretado por Luigi Lo Cascio) do filme italiano *O melhor da juventude* ["La Meglio Gioventù"], dirigido por Marco Tullio Giordana e lançado em 2003.

Senhor Racine: a espada é uma referência à espada de Teseu, da tragédia *Fedra* (de 1677), de Jean Racine (1639-1699), inspirada na mitologia grega.

Senhorita Jeanne: "Mademoiselle Jeanne" é a colega de trabalho (secretamente apaixonada por ele) de Gaston Lagaffe na redação do jornal *Spirou*, na história em quadrinhos belga *Gaston*, de André Franquin (1924-1997). *Gaston* começou a ser publicado em 1957, mas a personagem da Senhorita Jeanne só iria surgir em 1962.

Les Passagers du vent: série de histórias em quadrinhos francesa de cunho histórico e naval (ambientada no século XVIII), escrita e desenhada por François Bourgeon e que já rendeu sete livros desde sua primeira publicação em 1979.

Página 29

Olhos negros: ["Oci Ciorni"] filme italiano de 1987, dirigido por Nikita Mikhalkov, e estrelado por Marcello Mastroianni (agraciado com o prêmio de Melhor Ator do Festival de Cannes por esse papel) e Silvana Mangano, ambientado num navio oitocentista em que um italiano de meia-idade conta a história de amor que viveu para um passageiro russo.

L'Établi: livro de Robert Linhart (Les Éditions de Minuit, 1978), descrevendo a experiências dos "établis", os intelectuais franceses que, a partir de 1967, se faziam contratar ["s'établissaient"] nas grandes fábricas ou portos do país para testemunhar de perto os problemas sofridos pelos operários, como racismo, vigilância, condições insalubres de trabalho ou repressão violenta às greves. Para escrever o livro, Linhart trabalhou durante um ano na fábrica da Citroën nos arredores de Paris.

Página 36

L'Heure Bleue: perfume feminino criado por Jacques Guerlain em 1912 e comercializado até hoje. Considerado pelos especialistas "o perfume do crepúsculo", tendo em vista que seu nome evoca "o momento do dia em que o Sol se esconde para dar lugar à noite e a obscuridade confere ao céu uma cor azulada especial".

Página 38

Meccano: jogo infantil de armar criado pelo inglês Frank Hornby em 1901 e comercializado a partir de 1908. No Brasil, a Estrela fabricou, durante as décadas de 1950 e 1960, um brinquedo semelhante sob a denominação de Mec-Bras.

Página 49

***Ensaios*:** ["Les Essais"] foi a principal obra do escritor e filósofo francês Michel de Montaigne (1533-1592), composta por três volumes de conteúdo bastante variado e redigidos entre 1572 e 1595.

***Discurso sobre a servidão voluntária*:** ["Discours de la servitude volontaire"] obra panfletária contra o absolutismo, escrita aos 18 anos de idade por Étienne de la Boétie (1530-1563), porém publicada apenas postumamente, em 1576. La Boétie era grande amigo de Montaigne, que o acompanhou até o leito de morte e foi o responsável pela posterior difusão de sua obra.

Página 56

***O belo Danúbio azul*:** ["An der schönen blauen Donau"] valsa do compositor austríaco Johann Strauss II (1825-1899) apresentada publicamente pela primeira vez em 1867.

Página 77

***Mephisto*:** filme alemão de 1981, dirigido por Istvan Szabo e protagonizado por Klaus Maria Brandauer, interpretando o inescrupuloso ator Hendrik Hoefgen, que adota a ideologia nazista apenas para se tornar o mais conhecido ator alemão de seu tempo.

Página 89

Water-Closer: referência escatológica e depreciativa a uma revista inglesa de fofocas de celebridades realmente existente: *Closer Magazine*.

Página 98

Les Grosses Têtes: programa humorístico da rádio RTL criado e apresentado por Philippe Bouvard desde 1977 até hoje.

Página 102

Capitão Haddock: um dos personagens da célebre história em quadrinhos belga *Les aventures de Tintin*, criada por Hergé [Georges Prosper Remi, 1907-1983] em 1929.

Página 106

***Knock, knock on the Heavens door*:** referência ao refrão de *Knockin' on Heavens Door*, composição de Bob Dylan que integrou a trilha sonora do filme *Patty Garrett & Billy the Kid* (1973), de Sam Peckinpah, no qual Dylan também fez uma ponta como ator. Desde então teve diversas regravações com diferentes intérpretes.

Página 110

Irmãos Dalton: bandidos personagens da história em quadrinhos francesa *Lucky Luke* escrita por René Goscinny (1926-1977) e ilustrada por Morris [Maurice de Bévère, 1923-2001], cuja primeira publicação ocorreu em 1958. Foram inspirados em bandidos reais norte-americanos, The Dalton Brothers abatidos em confronto com as autoridades em 5 de outubro de 1892 em Coffeyville, no estado do Kansas.

"Trinta milhões de amigos": ["30 millions d'amis"] programa de televisão francês produzido pela Fondation 30 millions d'amis, de defesa dos animais criada em 1976 pelo casal de jornalistas Jean-Pierre e Reha Hutin.

Página 115

Gallica: é um site para a disponibilização de obras on line da Biblioteca Nacional da França: http://gallica.bnf.fr/

Página 123

***Les demoiselles de Rochefort*:** é um filme musical francês de 1967 [lançado no Brasil como: "Duas garotas românticas"], escrito e dirigido por Jacques Demy e interpretado pelas irmãs Catherine Deneuve e Françoise Dorléac, filhas do casal Maurice Dorléac e Renée Simonot. O verdadeiro nome de Deneuve é: Catherine Fabienne Dorléac.

Página 124

Marvin: referência ao cantor americano Marvin Gaye [Marvin Pentz Gay Jr., 1939-1984]. O LP *Here my Dear* foi lançado em 1978.

Boss: é o apelido do roqueiro Bruce Springsteen, *Hungry Heart* faz parte do seu quinto LP, *The River*, de 1980, e foi sua primeira canção a chegar às paradas de sucesso.

***Beat It*:** um dos maiores sucessos de Michael Jackson, integrante do LP *Thriller*, de 1983.

Página 125

***Friday I'm in Love*:** é uma composição coletiva de todos os membros do The Cure: Robert Smith, Simon Gallup, Porl Thompson, Boris Willians e Perry Bamonte. Fazia parte do álbum *Wish*, de 1992.

Common People: da banda inglesa Pulp fazia parte do álbum *Different Class*, de 1995, e foi composta por Nick Banks, Jarvis Cocker, Candida Doyle, Steve Mackey e Russell Senior.

Bobby Lapoint: cantor e compositor francês cujo verdadeiro nome era Robert Jean-François Joseph Pascal Lapointe (1922-1972). *La maman des poissons* ["A mamãe dos peixes"] integrava o LP *Comprend qui peut*, de 1969.

Eddy Mitchell: roqueiro e ator francês nascido em 1942 e cujo verdadeiro nome é Claude Moine. A canção à qual a autora faz referência é *L'important c'est de bien aimer sa maman* ["O importante é amar sua mamãe"], do álbum *C'est bien fait*, de 1999.

Musica Nuda: é um duo italiano composto pela vocalista Petra Magoni e o contrabaixista Ferruccio Spinetti, a versão em questão de *I Will Survive* integrava o primeiro CD da dupla: *Musica Nuda*, de 2004.

Angela McCluskey: cantora escocesa radicada nos Estados Unidos. *Don't Explain* foi gravada quando ela ainda integrava o grupo inglês Wild Colonials, fazendo parte do álbum *Fruit of Life*, de 1994. *Funny Valentine* (canção de Richard Rogers e Lorenz Hart), foi gravada por ela com a banda Tryptich no álbum *Curio*, de 1997.

Christophe: cantor e compositor francês nascido em 1945 e cujo verdadeiro nome é Daniel Bevilacqua. A canção *La dolce vita* foi composta por ele e Jean-Michel Jarre e lançada no álbum *Olympia*, de 2002.

Voulzy: Laurent Voulzy é um cantor e compositor francês nascido em 1948 e cujo nome real é Lucien Gerville-Reache. *Grimaud* é uma canção de 1979, inspirada pelos Beatles e integrante do LP *Le Coeur Grenadine*.

Zaza: nascida em 1985, a cantora e acordeonista francesa Zaza Fournier é autora de um único CD, que leva seu nome e foi lançado em 2008.

Thomas Fersen: é um cantor e compositor francês nascido em 1963. *Germaine* é uma valsa de 1931, composta pelo italiano Joseph Colombo (1900-1973).

Simone: a cantora, compositora e pianista Eunice Kathleen Waymon (1933-2003) foi uma das grandes damas da música americana com o pseudônimo de Nina Simone. *Love Me or Leave Me* canção composta por Walter Donaldson e Gus Kahn em 1928, foi interpretada por Nina Simone pela primeira vez em seu LP de estreia *Litlle Girl Blue*, de 1958, e regravada por ela em 1966 no LP *Let It All Out*.

Página 126

Paulette: é uma possível referência à personagem da canção *La bicyclette* de Pierre Barouh e Francis Lai, interpretada por Yves Montand [cujo nome real era Ivo Livi, 1921-1991], em 1968, na qual é questão de uma Paulette pela qual "todos estávamos apaixonados".

Bashung: é o compositor, cantor e ator francês Alain Bashung (1947-2009), a canção em questão é *L'Apiculteur*, do próprio Bashung em parceira com Jean Fauque, integrante do álbum *Confessions publiques*, de 1995.

Patachou: é o pseudônimo da cantora francesa Henriette Ragon, e *La Mariée* é uma canção tradicional francesa que integrava seu LP *Un gamin de Paris*, de 1970.

***Le Petit Bal perdu*:** composição de Bourvil, que Gavalda qualifica de "falso ingênuo", o ator, cantor e compositor cujo verdadeiro nome era André Robert Raimbourg (1917-1970).

Rostro: contração do nome do célebre músico e maestro russo Mstislav Leopoldovitch Rostropovich (1927-2007) considerado por muitos como o maior violoncelista do século XX, opositor da ditadura da União Soviética e destacado defensor dos direitos humanos.

Dalida: pseudônimo da cantora egípcia Yolanda Christina Giliotti (1933-1987) que desenvolveu toda sua carreira artística na França. *Il venait d'avoir 18 ans* é uma canção composta por Pascal Sevran, Serge Lebrail e Pascal Auriat, interpretada por Dalida no LP *Des gens qu'on aimerait connaître*, de 1974.

***Pas sur la bouche*:** filme musical de Alain Resnais, de 2003, e interpretado por Sabine Azéma, Pierre Arditi e Audrey Tautou. Adaptação de uma opereta de André Barde e Maurice Yvain.

Barbara: era o pseudônimo de Monique Andrée Serf (1930-1997) e a canção em questão é *Nantes* do LP *Barbara chante Barbara*, de 1964.

Página 127

***Miousic wâse maille feurst love*:** é a pronúncia estropiada francesa para *Music Was My First Love*, mais conhecida apenas como *Music*, a canção de maior sucesso do roqueiro inglês John Miles, lançada em 1976 no álbum *Rebel*.

Klezmer music: música judaica não religiosa originalmente surgida nos guetos da Europa do Leste e executada em ocasiões festivas.

Música de guinguettes: tinha como uma de suas características distintivas o uso do acordeão e era originária das *guinguettes*, os cabarés populares dos arredores de Paris, que funcionavam tanto como restaurantes quanto como locais de bailes ao ar livre.

Ferré e Aragon: Léo Ferré (1916-1993) foi um cantor e compositor franco-monegasco conhecido pela excelência poética das suas composições, tendo musicado diversos poemas de Louis Aragon (1897-1982), poeta e escritor francês ligado ao surrealismo, entre os quais *Est-ce ainsi que les hommes vivent?*, que deu origem à canção citada por Gavalda, integrante do LP *Les chansons d'Aragon chantées par Léo Ferré*, de 1961.

Este livro foi impresso na Editora JPA Ltda.,
Av. Brasil, 10.600 – Rio de Janeiro – RJ,
para a Editora Rocco Ltda.